Liebe auf Anzahlung

Dana Wahr

Liebe auf Anzahlung

Vorschussbetrug und Internet-Scam

Mit einem Vorwort von
Scambaiter-Deutschland

Bibliografische Information der Deutschen Nationalbibliothek:
Die Deutsche Nationalbibliothek verzeichnet diese Publikation in der Deutschen Nationalbibliografie; detaillierte bibliografische Daten sind im Internet über http://dnb.dnb.de abrufbar.

Umschlagsbild: http://de.fotolia.com/id/29540375

Herstellung und Verlag: BoD – Books on Demand, Norderstedt

ISBN: 978-3-7322-3417-2

Inhalt

Vorwort

Vorschussbetrug ist ein weltweites, ständig wachsendes Phänomen, mit dem sich jeder Internet-Nutzer auf die eine oder andere Weise konfrontiert sieht, sei es in Form von Spam-Mails, in sozialen Netzwerken, auf Partner-Börsen, Online-Marktplätzen oder Spiele-Communities. Kurz gesagt, man findet es überall dort, wo Menschen miteinander kommunizieren.

Dana Wahr schreibt in ihrem ersten Buch über Internet Betrug der besonderen Art. Es geht dabei um eine besonders perfide Sparte des Vorschussbetruges, dem sogenannten Romantik Scam. Die Geschichte basiert auf wahre Begebenheiten, die ihr so oder ähnlich zugestoßen sind. Sie führt uns in die virtuelle Welt des Betrugs, von der Dana nicht einmal ahnte, dass es sie gibt. Bei ihrer Reise durch das Internet begegneten ihr skurrile Situationen und irreale Personen. Letztendlich fand sie zu uns und wir von Scambaiter-Deutschland konnten Hilfe zur Selbsthilfe bewirken.

Aus diesen ganzen Erlebnissen von Irrungen und Wirrungen entstand eine lesenswerte Geschichte.

Diese kann helfen, andere Menschen vor dem gleichen Schicksal zu bewahren. Und sollte der Leser sich selbst auf Kontaktsuche durch das Internet bewegen, kann er aus dieser Geschichte lehrreiche Schlüsse ziehen.

Scambaiter Sven Udo
Berlin, im Herbst 2012 | www.scambaiter.info

Kapitel 1 – Der Scam

SINGLE–BÖRSE
Profil-Vorschau

Angela, 39 Jahre alt, geschieden, kaufm. Angestellte. Ich wohne in Hamburg (Deutschland) und suche einen Lebenspartner im Alter von 35 bis 45 Jahren.
Zuletzt eingeloggt heute.

Alter: 39 Jahre
Haarfarbe: blond
Augenfarbe: blau
Größe: 165 cm
Familienstand: geschieden
Kinder: 1
Sportliche Aktivitäten: Schwimmen, Radfahren
Hobbies: Bücher, Kino und ehrenamtliches Engagement in verschiedenen Projekten

Du möchtest mehr über mich erfahren? Dann klicke hier.

Ich sitze an meinem Laptop und sehe fasziniert zu, wie ein Interessent über mein Profil huscht. Nein, ich habe keine Halluzinationen, sondern ich kann sehen, wenn mein Online-Profil aufgerufen wird. Der Besucher wird am Bildschirm mit Nicknamen und Wohnort angezeigt. Einige Mitglieder der Single-Börse sehen sich regelmäßig meine Seite an. Obwohl ich einen Großteil der Kontaktanfragen ablehne und nicht beantworte, weil sie offensichtlich nicht zu mir passen, stehen sie trotzdem täglich vor meiner virtuellen Tür. Der Text und das Foto meines Profils ändern sich nicht, es gibt nichts Neues zu sehen. Was also erwarten sie?

Ich suche einen Lebenspartner und wünsche mir eine ernsthafte Beziehung. Ein One-Night-Stand möchte ich nicht und auch keine Affäre mit einem verheirateten Mann. In Bezug auf das Alter meines zukünftigen Partners habe ich meine feste Vorstellung, das hält aber weder einige 20 noch 60jährige Singles davon ab, mich mit ihren Vorstellungen von einem gemeinsamen Liebesleben zuzutexten.

Das durchdringende Geräusch der Haustürklingel reißt mich aus meinen Gedanken. Es ist Samstagabend. Statt auszugehen, hüte ich die Wohnung, da mein Sohn gemeinsam mit seinem Freund eine Zwei-Mann-LAN-Party im seinem Zimmer veranstaltet. An der Haustür steht der Pizzalieferant mit einem großen Karton in der Hand. Die Kinder haben Hunger und insbesondere wenn es Pizza gibt, kennen sie keine Verwandten, daher nehme ich mir vorsichtshalber schon meinen Teil, bevor ich sie rufe. Und tatsächlich, statt sich an den Tisch zu setzen, greifen sie sich triumphierend den ganzen Karton samt Inhalt und verschanzen sich mit ihrer Beute im Kinderzimmer. Ich lasse sie gewähren. Anstatt mich zu ärgern, mache ich es mir mit meinem Pizzastück, einem Glas Rotwein und meinem Laptop auf der Couch gemütlich und surfe weiter im Internet.

Diesen Mann, der jetzt mein Profil besucht, habe ich bisher noch nicht gesehen. Ich starre auf den Bildschirm und versuche zu erhaschen, woher er kommt. Aber er verweilt nur wenige Sekunden. Die Liste der Besucher zeigt an, dass er in den USA wohnt.

In meiner Jugendzeit vor 25 Jahren hatte ich einen Brieffreund aus den USA. Jeff wohnte in Kalifornien. Aber ich beendete diese Brieffreundschaft nach meiner Schulzeit, weil ich die Nase voll vom Briefeschreiben hatte. Je weiter die Schulzeit in die Vergangenheit rückte, umso schwieriger fiel es mir, mich auf Englisch auszudrücken. Mir fehlte die Übung, es wurde zu anstrengend und ich verlor das Interesse am Schreiben. Ein kurzer Moment des Bedauerns flammt in mir auf.

Meine Gedanken wandern zurück zu dem Mann, der sich eben mein Profil angesehen hat. Ich würde gerne wieder eine Brieffreundschaft mit einem Amerikaner eingehen. Nord-Amerika fasziniert mich in seiner Weitläufigkeit, die Dimensionen sind enorm groß und der Gedanke daran vermittelt mir das Gefühl von Freiheit. Dort ist es nicht so beengt wie bei uns in Deutschland und die Amerikaner in ihrer Großspurigkeit sind so anders als die Menschen um mich herum, die mir manchmal sehr kleinkariert und gewöhnlich vorkommen.

Ich sehe mir sein Profil genauer an. Er nennt sich GOLDEN08 und wohnt in Indianapolis. Das Foto zeigt einen Mann, der mir auf Anhieb sympathisch ist. Er sieht durchschnittlich gut aus, nicht wie einer dieser eingebildeter Schnösel, die so sehr von sich selbst eingenommen sind oder wie ein ultra-attraktiver Schönling. Er ist 1,80 m groß, 45 Jahre alt, Brille, kleiner Bauch, offenes Gesicht, verschmitztes Lächeln. Das Alter, die Größe, das Aussehen passen in mein Beuteschema. Sein Lächeln wirkt ansteckend und in meinem Inneren macht sich ein wohlig warmes Gefühl breit, das zum Träumen anregt – er gefällt mir.

Und nun? Er kommt nicht wieder zurück auf mein Profil. Jetzt hat er sich sogar ganz von der Partnerbörse abgemeldet. Wie schade! Ich merke, wie sich meine Unterlippe vorschiebt und ich damit eine Schippe mache wie ein kleines Mädchen, das seinen Willen nicht bekommt. Ich möchte gerne mit ihm Kontakt aufnehmen und ihm schreiben, aber was und worüber? Vielleicht sollte ich ihm zwei oder drei Sätze mit einem lieben Frühlingsgruß aus Deutschland senden.

Das ist eine gute Idee, aber schwierig umzusetzen. Seit 20 Jahren, seit ich Jeff den Laufpass gab, habe ich nicht mehr englisch geschrieben oder gesprochen. Trotzdem - irgendwo tief vergraben im Hinterkopf müssten noch Reste von meiner ersten Fremdsprache zu finden sein. Ach, wie nett es wäre, würde er mir antworten. Ich lehne mich zurück, meine Gesichtszüge entspannen sich, die Schippe verschwindet, ich lächele versonnen in mich hinein und träume von einer Reise in die USA.

* * *

In meinem E-Mail-Postfach finde ich die Antwort auf meinen vor zwei Tagen versendeten Frühlingsgruß. Ich kann den Impuls nicht unterdrücken, und mache einen Hüpfer auf dem Holzfußboden, so dass mein Geschirr im Schrank scheppert. Ich freue mich! Der Name meines Amerikaners ist David und er schreibt auf Englisch:

Liebe Angela, vielen Dank für Deine herzlichen Grüße. Ich bin überrascht, aus dem fernen Deutschland Post zu bekommen, daher freue ich mich ganz besonders darüber. Ich habe sehr viel von Deutschland gehört, es soll dort wunderschön sein. Bisher war ich noch nie in Deinem Land, möchte es aber irgendwann besuchen. Ich würde mich sehr freuen wieder von Dir zu lesen und es wäre nett, wenn wir den Kontakt aufrecht erhalten könnten. Ich möchte Dich gerne näher kennenlernen. Ich wünsche Dir alles Gute, pass auf Dich auf. Liebe Grüße, Dein David.

Ich muss schmunzeln. Er möchte mich näher kennenlernen. Das hört sich an, als sei auch er an einer Brieffreundschaft interessiert. Nun stehe ich vor der schwierigen Aufgabe, in Englisch antworten zu müssen.

Grübelnd gehe ich auf den Balkon und stecke mir eine Zigarette an. Okay, für solche hoffnungslosen Fälle wie mich gibt es Online-Übersetzer und Wörterbücher. So könnte es tatsächlich funktionieren: Ich schreibe den Text für die E-Mail erst in Deutsch und übersetze sie dann Wort für Wort in Englisch. Ich fasse neuen Mut und gehe zurück an meinen Rechner.

Eine Stunde später sitze ich noch immer an dem Text und bin der Verzweiflung nahe. Verdammt, es ist zum Haare raufen! Ich bin kurz davor, zu resignieren.
„Martin! Komm‘ doch bitte mal und hilf mir!“ Vielleicht kann mein Sohn mir mit seinen Englisch-Kenntnissen aus der Schule helfen, die Antwort an David zu formulieren. Er lugt um die Zimmerecke und grinst mich an.
„Mama, wie siehst Du denn aus? Deine Haare sind ja total verwuschelt.“ Er deutet auf den Telefonhörer, den er am Ohr hat am Ohr und fügt hinzu: „Ich kann grad nicht, ich telefoniere mit Katharina.“
Ach Herrje, so ein Telefonat mit der Freundin kann Stunden dauern. Mist, jetzt muss ich meine Antwort an David doch alleine hinbekommen. Wieso habe ich mein ganzes Englisch vergessen? Seit einer gefühlten Ewigkeit sitze ich an diesen fünf Sätzen und wenn ich sie mir durchlese, dann fühle ich, dass die Grammatik total falsch ist, aber was genau falsch ist, das weiß ich nicht. Ich bin gewiss nicht auf den Kopf gefallen, aber ich bekomme es einfach nicht besser hin. Die Sätze sind holperig und unausgegoren. David lacht sich bestimmt tot über mein wirres Kauderwelsch. Egal. Augen zu und durch, ich schicke das jetzt ab.

* * *

David hat sich nicht tot gelacht sondern schreibt am nächsten Tag sehr lebendig zurück:

Liebe Angela, ich freue mich immer, wenn ich eine Nachricht von Dir erhalte. Mache Dir bitte nicht so viele Gedanken über Dein Englisch. Du gibst Dir große Mühe, mir zu schreiben und ich merke, wie schwer es Dir fällt, aber bitte bleibe dabei. Dein Englisch ist besser als mein Deutsch. Mir gefällt diese Freundschaft bereits sehr und ich will sie nicht mehr missen. Du möchtest bestimmt ein bisschen mehr über mich erfahren. Ich bin freiberuflicher Schriftsteller...

Wow, ich kann es nicht fassen, wie cool ist das denn? Ich liebe Schriftsteller und ich liebe Bücher. Seit meiner Kindheit träume ich davon, selbst Bücher zu schreiben. Mit vierzehn begann ich, einen Fantasy-Roman zu schreiben, aber nach dreißig Seiten verlor ich mich so sehr in der Handlung, dass mir die Lust am Schreiben verging und ich diesen Roman nie beendet habe.

Der Gedanke, eine Freundschaft mit einem amerikanischen Schriftsteller zu haben, ist groß und ich lasse ihn mir genüsslich wie ein Stück Schokolade auf der Zunge zergehen. Ein Grinsen macht sich breit in meinem Gesicht und meine Fantasie geht mit mir durch. Ich fühle mich rundum wohl und ein bisschen wie im Wunderland.

David schreibt weiter:

...Ich werde demnächst ein neues Projekt beginnen, das mir ganz besonders am Herzen liegt. Die Vorarbeiten sind bereits am Laufen. Bei diesem Projekt handelt es sich um eine Dokumentation über Armut, insbesondere um Kinderarmut, aber auch um Missbrauch bzw. Misshandlung von Kindern im Allgemeinen und im Speziellen über die Situation von Kindern in Afrika...

Das ist wieder ein Aspekt, der mich sehr interessiert und ganz auf meiner Schiene liegt. Ich gehöre zu den Menschen, die gerne helfen. Daher freue ich mich, jemanden kennenzulernen, der es wie ich liebt, Engagement zu zeigen und dem soziale Themen am Herzen liegen.

Wenn ich gefragt werde: „Kannst Du mir helfen?“ dann sage ich nur selten nein. Natürlich weiß ich, dass man nicht allen Menschen helfen kann und dass man nicht alles an sich ziehen sollte, aber es fällt mir schwer abzulehnen. Ich liebe es, aktiv für andere da zu sein, sei es mit meiner Patenschaft für ein Kind in Kenia, die Mitgliedschaft im Tierschutzverein und bei Amnesty International oder auch mein Engagement für den Kinderschutzbund. In den letzten Wochen habe ich sogar überlegt, ob ich mental dazu in der Lage wäre, ehrenamtlich in einem Hospiz zu arbeiten.

Ich will mehr über David wissen, ich bin fasziniert von diesem Mann und muss mir nun eine Strategie überlegen, wie ich an ihn ran komme, ohne aufdringlich zu wirken.

* * *

Mein Wunsch scheint sich zu erfüllen. David und ich kommen uns näher. Wir tauschen Bilder aus, schreiben täglich E-Mails und lernen unsere Vorlieben und Abneigungen kennen. Bereits jetzt, nach einer Woche fühle ich mich immer stärker zu ihm hingezogen und bin überzeugt, dass bei dieser Online-Freundschaft noch mehr geht.

Wenn ich an David denke, dann geht es mir gut, meine Stimmung hebt sich und ich fühle mich glücklich. Sogar meinem Umfeld bleibt dies nicht verborgen. Eines Morgens sieht mich meine Kollegin an und fragt grinsend: „Na, wer ist es? Kenne ich ihn?“ Errötend streite ich alles ab, aber natürlich kann man es mir an der Nasenspitze ansehen, dass ich mit meinen Gedanken ganz woanders bin.

In mir keimt die Hoffnung, dass sich im Laufe der Zeit eine richtige Beziehung zwischen uns entwickeln wird, die über eine normale Freundschaft hinausgeht. David gegenüber mache ich kein Geheimnis daraus, dass ich an ihm interessiert bin. auch wenn ich vermeide es ihm direkt zu schreiben und mit der Tür ins Haus zu fallen. Hoffentlich sieht David es genauso und lässt sich nicht von meinen Flirtversuchen abschrecken, die ich unbeholfen in Englisch zu formulieren versuche.

Meine liebe Geli, ich finde es wunderbar, wie sehr Du Dich engagierst und Dich dafür einsetzt, den Menschen in Deinem Umfeld Freude zu bereiten und ein Lächeln ins Gesicht zu zaubern. Auch ich möchte meinen Teil dazu beitragen, um diese eine Welt zu einem besseren und erträglicheren Platz zu machen. Ich fände es schön, wenn wir zu diesem Zweck irgendwann einmal zusammenarbeiten könnten.

Dieses Kinder-Projekt ist mir ausgesprochen wichtig. Viele Kinder auf unserer Erde leiden und ich kann einfach nicht mehr wortlos weiter dabei zusehen. Mein Part der Hilfe wird sein, die Öffentlichkeit auf die Missstände aufmerksam zu machen und die Menschen aufzurütteln. Ich habe die Hoffnung, dass dadurch den Betroffenen besser und schneller geholfen werden kann. Aber es geht nicht nur um die Kinder. Auch den Frauen und Müttern ergeht es oft nicht besser, besonders in den unterentwickelten Teilen der Welt und solange es den Frauen nicht besser geht und sie immer wieder emotionaler und körperlicher Gewalt ausgesetzt sind, wird es auch den Kindern nicht besser gehen.

Meine Liebe, mir ist ganz und gar unbegreiflich, wieso die Welt so aussehen muss wie sie aussieht und warum all dies Leid überhaupt existiert. Wenn wir uns alle gegenseitig helfen und viel liebevoller miteinander umgehen würden, dann könnte sich vieles ändern...

Mein Gefühl sagt mir, wir sind verwandte Seelen. Es wühlt mich innerlich auf und es erschüttert mich immer wieder, wenn ich Bilder von Zerstörung, Krieg und Elend im Fernsehen sehen. Diejenigen, die dabei das größte Leid ertragen müssen, sind die Kinder. Ich vertrete den Standpunkt, wenn ich jemand anderen verletze, dann verletze ich mich selbst. Wir alle leben in der einen Welt, gemeinsam in einem komplexen System von Ökologie und Ökonomie und sind dabei über viele Pfade und auf vielen Ebenen miteinander verbunden und wir sollten uns alle viel mehr füreinander verantwortlich fühlen. Für mich hat dies „Wir sind alle eins" auch einen tiefergehenden spirituellen Hintergrund.

* * *

David bittet mich, einen Instant-Messenger herunterzuladen, damit wir uns ohne Zeitverzögerung unterhalten können. Das ist mir unangenehm und ich würde es gerne vermeiden. Ich chatte nur ungerne und möchte viel lieber weiterhin E-Mails schreiben. Diese Form der Kommunikation ist mir aus diversen Chat-Rooms bekannt, die man häufig in den verschiedenen Online-Communities findet. Es liegt mir einfach nicht, auch nicht auf Deutsch. Beim Schreiben von E-Mails habe ich alle Zeit der Welt, um über den Inhalt nachzudenken und ich kann so viel löschen und verbessern, wie es mir gefällt, bevor ich die Nachricht versende. Im Chat dagegen geht alles viel zu schnell. Aber David zuliebe lade ich den Messenger widerwillig runter und installiere ihn auf meinem Laptop.

Mal sehen, wie lange David es mit mir aushält. Auf Dauer werden ihn diese Zeitlupen-Unterhaltungen sicher langweilen. Ich brauche viele Minuten, bis ich antworten kann, da ich die Worte erst übersetzen muss, um dann damit einigermaßen sinnvolle Sätze zu bilden. Ach Mensch, warum muss man sich immer so strecken, um das Gute zu erreichen? Ich werde mein Bestes geben, mein Englisch verbessern und am Ball bleiben.

* * *

Seit vier Tagen unterhalte ich mich mit David via Messenger und er war bisher sehr geduldig - bis er vor wenigen Minuten ohne Vorwarnung plötzlich offline gegangen ist. Es war ein etwas komplizierter Sachverhalt. Er hatte nach meiner vorherigen Beziehung gefragt und ich habe ihm von meiner Scheidung erzählt. Als ich die Antwort fertig formuliert hatte, war er weg. Seitdem sitze ich hier und warte. Hat er nun endgültig die Geduld mit mir verloren? Warum verlässt er sonst einfach wortlos ein Gespräch? Ich kann mir keinen anderen Grund vorstellen.

Meine Gedanken kreisen und es steigen Wellen von Selbstmitleid aus meinem Inneren auf. Meine Augen fangen an zu tränen und ein dicker Kloß sitzt in meiner Kehle. Ich komme einfach nicht klar mit dieser verdammten Chatterei. Die Situation überfordert mich und mein Englisch ist zu schlecht. David versteht mich oft nicht und muss häufig nachfragen. Es ist aufwendig, die vielen unbekannten Ausdrücke zu übersetzen, ich möchte David so viel fragen, doch finde ich nicht die richtigen Worte. Das Einzige was geht, sind ganz einfache Sätze und selbst die verdrehe ich manchmal bis zur Unkenntlichkeit. Der Bildschirm verschwimmt vor meinen Augen, ich habe Kopfschmerzen und nun fängt auch noch meine Nase an zu laufen.

Es macht mich wahnsinnig, dass er ohne ein Wort offline gegangen ist. Ich habe versagt. Oh Gott, nun habe ich schon die Gelegenheit, einen so wunderbaren Mann kennenzulernen und kann sie nicht nutzen. Dabei habe ich David sehr gerne und er fängt an, mir etwas zu bedeuten. Es ist besser, mit der ganzen Sache Schluss zu machen, bevor ich mich zu sehr hineinsteigere und es mir das Herz bricht. So innerlich und äußerlich aufgelöst war ich schon lange nicht mehr und kann mir nicht erklären, wieso dieser Typ mich nach so kurzer Zeit so aus der Fassung bringt. Ich schreibe ihm jetzt eine E-Mail und teile ihm mit, dass es mir unendlich leid tut, aber diese Freundschaft einfach keinen Sinn macht. Oh Mist, ich bin schon bei der dritten Packung Papiertaschentücher. Gut dass Martin heute bei einem Freund übernachtet und ich alleine zuhause bin. So brauche ich keine Rücksicht nehmen und kann meinen Gefühlen freien Lauf lassen. Nachdem ich mehr schlecht als recht ein paar Sätze an David geschrieben und die Nachricht abgesendet habe, werfe ich mich schluchzend auf mein Bett und lasse die Wellen des Selbstmitleides über mich hereinbrechen.

* * *

Mein Yahoo-Messenger startet automatisch wenn ich meinen Rechner anschalte. David sieht mich online kommen und spricht mich an, bevor ich den Messenger verlassen kann.

David: Angela, warum? Ich verstehe nicht, warum Du den Kontakt abbrechen möchtest? Was ist falsch gelaufen?

Ich muss mich erst einmal gedanklich sortieren und meinen Online-Übersetzer aufrufen. Jetzt einfach weg zu laufen und den Kopf in den Sand zu stecken wäre nicht fair ihm gegenüber.

Angela: Du bist vorgestern offline gegangen, weil ich nicht richtig schreibe.

Und auch jetzt fällt es mir schwer, die richtigen Worte zu finden. Ich kann mich nicht dagegen wehren, dass mir wieder Tränen in die Augen schießen. David scheint zu ahnen, wovon ich rede.

David: Meine Liebe, Du schreibst hervorragend. Ich hatte Probleme mit meiner Internetverbindung und es war mir nicht möglich, wieder online zu kommen.

Die Tränen nehmen mir die Sicht. Ich brauche mehrere Minuten bis ich die Antwort formuliert habe.

Angela: Nein, David, ich schreibe schlecht und ich schreibe sehr langsam. Du hast sehr viel Geduld mit mir, aber es ist nicht richtig, dass Du Deine Zeit mit mir verschwendest. Und es ist so furchtbar anstrengend für mich.

David: Bitte, Angela, lass es nicht einfach so vorbei sein. Dies ist der Anfang einer wundervollen Freundschaft. Wirf es nicht so einfach weg. Ich habe Dich sehr gerne. Du bist so natürlich, so echt und Du bist etwas Besonderes. Entspanne Dich und sei einfach Du selbst. Alles andere wird sich ganz von selbst ergeben.

Davids Worte sind Balsam für meine Seele. Die Idee, dass er wegen technischer Probleme offline gegangen sein könnte, war mir gar nicht eingefallen. Jetzt, wo er es sagt, klingt es logisch und vernünftig. Ich bin ja manchmal so albern in meinen Gefühlsduseleien. Kopfschüttelnd über meine eigene Dummheit, versuche ich zu lächeln und putze mir die Nase. Nun fühle ich mich schon viel besser. David ist ein wunderbarer Mensch.

* * *

Die Tage vergehen und inzwischen genieße ich jeden gemeinsamen Augenblick mit David. Wir kennen uns nun seit drei Wochen und obwohl das Chatten immer noch anstrengt, ist der Knoten geplatzt und durch die tägliche Übung wird es einfacher. Mir fallen immer mehr Worte ohne Hilfe des Wörterbuches ein, ich bin regelrecht in Schwung gekommen und an sehr guten Tagen fließen die Worte von allein. Wir treffen uns weiterhin jeden Abend online, bei David ist es dann um die Mittagszeit und er sitzt in seinem Büro, das er sich in seinem kleinen Apartment in Indianapolis eingerichtet hat. Er nennt es seine Büro-Wohnung. Er hat noch ein Landhäuschen, das aber außerhalb von Indianapolis liegt und in dem er sich nur am Wochenende zurückzieht, wie er sagt.

Ich bin so lahm beim Chatten, dass es ihn anscheinend nicht sonderlich bei seiner Arbeit behindert. Zurzeit schreibt er an einem Drehbuch. Auch David ist langsam geworden, seine Antworten kommen oft erst Minuten später, er scheint sich meiner Geschwindigkeit anzupassen.

Angela: David, ich möchte gerne lesen.
David: Ja, Geli. Dann gehe ein wenig lesen. Was für ein Buch liest Du denn gerade?

Angela: Nein. Ich wollte sagen, ich möchte gerne was von Dir lesen.
David: Meine Liebe, ich habe Dir ein paar Gedichte geschickt. Die sind von mir.
Angela: Ja, aber ich möchte gerne einen richtigen Text von Dir lesen.
David: Die Gedichte sind richtige Texte. Aber ich verspreche Dir etwas: Wenn ich das Drehbuch fertig habe, dann bist Du die erste, die es lesen darf. Ist das okay für Dich?
Angela: Ja, das ist okay. Danke Dir.

Er passt sich mir nicht nur bei der Geschwindigkeit an, sondern auch bei den Gesprächsinhalten. David antwortet in sehr einfachen Sätzen und gibt sich Mühe, die Dinge nicht unnötig kompliziert darzustellen. Ich kann es nicht mehr leugnen: Ich habe mich in ihn verliebt!

Wir erzählen uns alles und haben keine Geheimnisse voreinander. Ich bin 39 Jahre alt, geschieden und habe einen 14jährigen Sohn. David hat keine Kinder, obwohl er sehr gerne welche gehabt hätte. Insgesamt ist das Leben nicht besonders glimpflich mit ihm umgegangen. Sein Vater starb bei einem Autounfall als David dreiundzwanzig Jahre alt war und seine Mutter ist vor drei Jahren an Krebs gestorben. Er hat keine Geschwister und auch sonst keinen Kontakt zu anderen Verwandten.

Er war nie verheiratet und er hatte seine letzte Freundin in flagranti mit seinem besten Freund erwischt. Das nahm ihn sehr mit und aus Frust zog er sich komplett aus seinen Freundeskreis zurück. Seitdem hat er Probleme, wieder Vertrauen in Menschen zu fassen und lebt sehr zurückgezogen.

* * *

David ist auch verliebt! Er hat es mir gesagt! Ist das nicht wunderbar? Er sagt, dass er meine Menschenfreundlichkeit und mein gutes Herz liebt. Und ihm gefallen meine Bilder, die wirklich gut gelungen sind. Trotzdem – es ist nicht fassbar: Wie kann sich ein Schriftsteller in eine Frau verlieben, die wie ein Kleinkind schreibt und telefoniert? Ja, wir haben sogar telefoniert! David hat mich ganz spontan und unerwartet angerufen. Ich war so aufgeregt, ich wusste gar nicht, was ich sagen sollte. Mein Kopf war leergefegt und viel verstanden habe ich auch nicht, da er ziemlich schnell sprach. Aber seine Stimme ist wow! Sie ist sehr klar und trotzdem weich und ich meine, einen etwas südländischen Akzent zu hören, der meinen Ohren einen Hauch von Erotik vermittelt. Der südländische Touch ist natürlich nur Einbildung, aber ich kann mich gar nicht satt hören, wenn er „I love you, Geli“ in den Hörer haucht. Dann kribbeln Schmetterlinge in meinem Bauch, obwohl das Geli bei ihm eher wie Gelee klingt, was mich wiederum zum Kichern bringt.

Ich dagegen stammele nur zusammenhangloses Zeugs und schaffe gerade so, ein „Hallo, wie geht es Dir?“ oder „Mir geht es gut, danke schön.” oder „Ich liebe Dich.“ von mir zu geben. Mehr ist mit meinen verbalen Englischkenntnissen im Moment nicht zu machen. Hinzu kommt, dass die Qualität der Telefonleitung oft nicht gut ist und ich David schlecht verstehe, besonders wenn er schneller redet.

David drückt seine Verbundenheit mit mir so aus: „Ich habe so viel Liebe in mir und ich möchte wieder Vertrauen fassen und meine Liebe teilen. Es ist Deine Art und Weise, die mich fasziniert und anzieht. Du bist so anders als die Frauen hier in meinem Umkreis. In allem was Du schreibst, finde ich mich wieder. Bei Dir fühle ich mich sicher und geborgen. Es ist so, als ob wir uns schon sehr lange kennen."

Er versichert mir, dass ihm mein gebrochenes Englisch nichts ausmacht und er ist sehr zuversichtlich, dass ich seine Muttersprache in kurzer Zeit gut beherrschen werde.

David gibt mir seine Telefonnummer, damit ich ihn anrufen kann. Statt ihn anzurufen, recherchiere ich lieber im Internet und versuche herauszufinden, woher die Nummer stammt. Zwar vertraue ich ihm, aber Vorsicht ist die Mutter der Porzellankiste. Immerhin kenne ich ihn nicht persönlich und ich falle ungerne Herzensbrechern zum Opfer. Ich mache es allerdings auch nur aus Gewohnheit und nicht, weil ich besonders argwöhnisch wäre.

Ich habe es nicht anders erwartet: David hat die Wahrheit gesagt bezüglich seines Wohnortes. Die Telefonauskunft verrät mir anhand der Vorwahl, dass es sich bei seiner Telefonnummer um eine Festnetz-Nummer aus den USA handelt, genaugenommen aus dem Bundesstaat

Indiana. Sie ist aber nicht direkt aus Indianapolis, sondern aus Pennsville, einem Ort, der ein paar Kilometer nördlich von Indianapolis liegt. Ich erinnere mich, dass David erwähnte, er arbeitet zwar in seiner Stadt-Büro-Wohnung, dass er aber an den Wochenenden das Landhaus nutzt. Daher nehme ich an, die Telefonnummer gehört zu seinem Landhäuschen in Pennsville und das Telefon ist umgeleitet auf sein Handy, so dass ich ihn auch in der Woche erreichen kann.

Ich grabe nach weiteren Informationen und suche mithilfe von Suchmaschinen nach seinem Namen: David Franklin. Meine Güte, den Namen gibt es wie Sand am Meer! Es gibt sogar einen Schauspieler mit diesem Namen. Einen Schriftsteller dagegen finde ich nicht, so sehr ich auch danach suche. Aber bei der Vielzahl an David Franklins, die in den USA leben, ist dies sicher kein Wunder.

David war nicht immer Schriftsteller, wie er mir verrät, sondern er hat sich diesen Traum erst vor kurzer Zeit erfüllt. Vorher war er als Bio-Chemiker für ein Labor tätig. Ich suche im Internet danach und – ja klar, es gibt auch Chemiker mit diesem Namen in Indianapolis. Sogar einen, der mit Foto in einem Pressebericht erwähnt wird - aber es ist nicht mein David Franklin.

Es gibt kaum etwas, was uns beiden nicht aneinander gefällt. Das Einzige, was David komplett missfällt, ist mein Nikotinkonsum.

David: Baby, Du solltest mit dem Rauchen aufhören. Ich liebe Dich, aber wenn wir uns treffen, dann küsse ich Dir lieber auf den Hintern, statt auf Deinen Mund.

Oh, das sitzt. Ich schlucke schwer. Die Vorstellung, dass David mir den Hintern küsst, ist nicht unangenehm, aber dieser Anblick wäre in der Öffentlichkeit doch recht peinlich. Ich kann ihn gut verstehen, für einen Nichtraucher ist es nicht angenehm, einen Partner zu küssen, der nach abgestandenem Aschenbecher duftet.

Angela: Okay, David, Du hast gewonnen und ich gebe auf. Ich rauche diese Schachtel zu Ende und dann ist Schluss damit.

* * *

Zwei Wochen später hat David eine Überraschung für mich.

David: Sweetie, wir werden uns bald treffen!
Angela: Wie? Was ist los? Was meinst Du?

Ich brauche immer noch lange für meine Antworten, aber ich bin schon richtig gut und beginne sogar, die englischsprachigen Lieder im Radio zu verstehen.

David: Ich komme Dich bald besuchen, mein Engel. Aber vorher muss ich nach Afrika fliegen. Du erinnerst Dich doch an das Projekt, von dem ich Dir erzählt habe? Die Dokumentation über die Kinder. Das geht jetzt los.

Ich ringe nach den richtigen Worten.

Angela: Ach, okay. Und Du musst nach Afrika?

David: Ja mein Schatz, ich fliege nächste Woche nach Nigeria und werde dort vor Ort für die Dokumentation recherchieren. Und ich werde über Europa zurückfliegen, damit ich Dich besuchen kann.

Das sind wirklich tolle Neuigkeiten.

Angela: Oh okay. Wie lange wirst Du dort bleiben, Liebling?

David: Ich weiß noch nicht. Es kommt darauf an, wie sich die Dinge entwickeln und wie meine Recherchen vorangehen. Ich brauche fundierte Informationen aus erster Hand und werde viele Menschen interviewen.

Angela: Ach so, dann kann das ja ein paar Monate dauern bis Du fertig bist.

Ach je, das hört sich an, als wolle ich ihn hier nicht haben. Zu spät, die Nachricht ist abgeschickt. Hoffentlich missversteht David mich nicht.

David: Ein paar Monate? Nein, ich rechne mit zwei Wochen.

Vor Überraschung stoße ich fast den Laptop um. Zwei Wochen nur? Mich hält es kaum auf meinem Stuhl. Die Aussicht, dass ich David so bald treffe, macht mich ganz hibbelig.

Angela: Wow, das klingt gut! Du bist ein echter Schatz. Ich liebe Dich!

David: Ich liebe Dich auch, mein Engel. Küsschen. Ich kann es kaum erwarten, Dich und Martin in die Arme zu schließen.

Auf einmal geht alles sehr schnell. Bis zum Flug ist es nur noch eine Woche. Das bedeutet, dass David in drei Wochen bei mir sein wird. Ich muss unbedingt Urlaub beantragen, damit wir die Zeit gemeinsam verbringen können. Hoffentlich macht mir mein Chef keinen Strich durch die Rechnung und genehmigt den Urlaub. Selbstverständlich ist es nicht, so kurzfristig frei zu bekommen.

* * *

David: Baby, ich habe nicht viel Zeit zum Chatten. Ich muss noch ein bisschen einkaufen, Sachen packen und dann zum Flughafen. Mein Flugzeug geht heute Nachmittag.

Du meine Güte, David ist ja richtig in Eile. Aber ich möchte mich wenigstens vernünftig verabschieden. Soviel Zeit muss sein.

Angela: Ja, ich weiß. Ich möchte Dir auch nur einen guten Flug wünschen. Weißt Du, ob Du in Afrika Internet haben wirst?

David: Vielen Dank mein Schatz. Ich kann Deine Wünsche gut gebrauchen, es wird ein langer Flug. Ich nehme mein Laptop mit, den brauche ich für meine Arbeit und das Hotel in Lagos hat Internetverbindung. Ich werde am Tage viel unterwegs sein, aber am Abend haben wir Zeit zum Chatten. Dann wird es auch diesen Zeitunterschied, den wir jetzt haben nicht mehr geben. Wenn dort Abend ist, dann ist es auch bei Dir Abend.

Angela: Okay mein Liebling. Ich wünsche Dir viel Glück.

David: Vielen Dank. Ich melde mich, wenn ich angekommen bin. Ach so, ich schreibe Dir gleich noch eine E-Mail mit meinen Kontaktdaten und meiner Adresse hier in Indianapolis. Ich liebe Dich!

* * *

Ich werde langsam nervös. Seit Freitagmittag habe ich nichts mehr von David gehört. Jetzt ist es Sonntagnachmittag. Er meinte, die Reise würde ca. achtzehn Stunden dauern. Er sollte also schon längst in Nigeria eingetroffen sein. Ich sitze wie auf Kohlen und möchte wenigstens einen Piep hören, ein „ich bin gut angekommen, mache Dir keine Sorgen“, aber es kommt nichts.

Ich versuche mich abzulenken und überbrücke die Zeit, indem ich erneut im Internet recherchiere, diesmal nicht nur nach seinem Namen sondern auch nach der Adresse in Indianapolis, die er mir per E-Mail zugesendet hat. Bingo - ich finde die Adresse mitsamt seinem Namen in den „White Pages“. Diese „White Pages“ scheinen eine Art Telefonbuch oder Adressbuch zu sein. Allerdings stimmt die dort angegebene Telefonnummer nicht mit der Nummer überein, die ich von David bekommen habe. Aber dafür gibt es eine einfache Erklärung: David hatte mir die Nummer von seinem Wochenendhäuschen in Pennsville gegeben und nicht die Nummer von seiner Stadtwohnung.

Ich finde es urkomisch dass in den „White Pages“ sogar das ungefähre Alter der Leute angegeben ist. Bei David steht: „Alter: 50-55“. David ist aber erst fünfundvierzig Jahre alt. Die Amis sind schon komische Leute. Entweder handelt es sich um einen Druckfehler oder David hat bei seinem Alter geschummelt. Ich werde ihn bei Gelegenheit mal fragen.

* * *

Endlich! Nach drei Tagen Funkstille ist wieder David online.

David: Es tut mir leid, dass ich nicht früher online kommen konnte, Baby.

Ich verstehe nicht, wieso. Auch wenn er nicht online kommen konnte, hätte er wenigstens anrufen können. Er kann sich doch denken, dass ich mir Sorgen mache! Ich will ihm jetzt aber keine Vorwürfe machen oder ihm eine Standpauke halten, das wäre in diesem Stadium der Beziehung sicher nicht sinnvoll. Außerdem bin ich einfach nur froh, dass ich ihn jetzt wieder bei mir auf dem Bildschirm habe.

Angela: David wie geht es Dir? Bist Du gut angekommen? Wie war der Flug?

David findet beruhigende Worte.

David: Ich bin gut angekommen, alles ist in Ordnung. Ich habe über sechszehn Stunden im Flugzeug gesessen und mein Hintern tut mir immer noch gewaltig weh. Ich kann es mir nicht ansehen, aber ich glaube, ich habe ihn blau und grün gesessen.

Die Vorstellung seines bunten Hinterns bringt mich zum Lachen und ich bin erleichtert.

Angela: Ich bin so froh, von Dir zu hören, mein Liebling. Ich habe mir Sorgen gemacht. Wie ist das Hotel?

David: Das Hotel ist großartig! Und die Menschen hier sind sehr gastfreundschaftlich. Man behandelt mich wie ein König. Ich fühle mich wie King David und werde von vorn bis hinten bedient. Alle sind sehr zuvorkommend.

Die Smileys in Davids Message zeigen mir, dass es ihm wirklich gut geht und er zu Späßen aufgelegt ist.

Angela: Und wie geht es Deinem Team? Haben sie es auch so gut überstanden wie Du?

David: Team? Was für ein Team?

Angela: Dein Team. Die Leute, die mit Dir die Dokumentation machen.

Ich habe die Vorstellung im Kopf, dass David mit einer Gruppe von Leuten nach Nigeria geflogen ist. David macht die Texte, ein Fotograf oder ein Kameramann macht die Bilder und sicher ist noch mindestens ein dritter Mann dabei, der die Lage vor Ort kennt und sich um die organisatorischen Dinge kümmert.

David: Es gibt kein Team. Ich bin allein geflogen.
Angela: Ach so?

Allein nach Nigeria? Nachdenklich kaue ich auf meiner Lippe herum. Ist das nicht gefährlich? Ich sage nichts, obwohl ich etwas verunsichert bin. Kennt David das Land und die Umstände dort so gut? Ich beruhige mich selbst. David ist erwachsen und hat sich lange auf dieses Projekt vorbereitet. Er wird wissen was er tut.

Angela: Wer ist eigentlich der Auftraggeber des Projektes?
David: Was meinst Du, mein Engel?
Angela: Naja, irgendwer muss Dich doch bezahlen, oder nicht? Ich meine, für irgendjemanden machst Du doch diese Dokumentation.

Ich weiß wieder nicht, wie ich diesen komplizierten Sachverhalt in Englisch ansprechen soll.

David: Sweetie, ich bin Freiberufler. Ich werde die Dokumentation verkaufen, wenn sie fertig ist. Ich habe verschiedene Interessenten, aber ich werde erst entscheiden, wenn ich wieder zurück bin.
Angela: Ach so.

Ja dann. Das wird schon alles so seine Richtigkeit haben.

* * *

Die Wochen vergehen wie im Fluge. David schreibt nicht viel von seiner Arbeit vor Ort. Er erzählt nur, dass er gut zurecht kommt und dass ihn die Leute außerhalb des Hotels auch sehr freundlich behandeln. Aber die Zustände, in denen die Menschen und somit auch die Kinder leben, seien oft sehr schockierend und er möchte mich nicht mit Einzelheiten belasten. Für seine Recherchen ist er viel unterwegs, nicht nur in der Riesenstadt Lagos selbst, sondern auch außerhalb auf dem Lande.

Die Abende füllen wir mit erotischen Chats und Träumereien. Wir malen uns aus, wie es sein wird, wenn wir uns treffen. Wie wird es sein, wenn wir uns das erste Mal am Flughafen sehen? Wie wird sich der erste Kuss anfühlen, der hoffentlich auf meinem Mund und nicht auf meinem Allerwertesten landen wird? Und was für andere schöne Dinge werden wir tun, wenn wir zusammen sind?

David: Wenn ich bei Dir bin, dann werde ich Dir zeigen, wie sehr ich Dich liebe. Ich werde Dich fliegen lassen, so hoch, dass es Deine Vorstellungskraft übersteigt.

Angela: Ich liebe es zu fliegen.

David: Ich denke gerade an etwas Schönes: Ich werde Dich ganz fest küssen, wenn ich Dich das erste Mal sehe.

Angela: Wow. Ich werde Dich am Flughafen abholen. Wir werden uns dort das erste Mal sehen.

David: Jaaaa und am Flughafen werde ich Dir den Kuss des Jahrhunderts geben! Alle um uns herum werden blass vor Neid sein.

Ein schöner Gedanke: Wir sehen uns, fallen uns in die Arme und küssen uns minutenlang und können nicht voneinander lassen. In meinem Kopf spult sich unmittelbar die Szene eines Liebesfilmes ab. Ich weiß nicht, ob es tatsächlich so passieren wird, aber es hört sich traumhaft an.

David: Worte können nicht ausdrücken, was ich für Dich empfinde, mein Schatz. Manchmal frage ich mich, wo Du in dieser ganzen Zeit warst? Ich frage mich, warum ich Dich erst jetzt gefunden habe? Wir werden ein großartiges Paar abgeben, weißt Du das?

Angela: Ja, das weiß ich.

David: Aber es ist nicht zu spät. Ich werde Dich so mitreißen, dass Du denkst, Du wärst wieder zwanzig.

Angela: Hahahaha. Du willst mich um zwanzig Jahre verjüngen?

David kommt auf lustige Ideen. So wie er schreibt, fühle ich mich jetzt schon wie ein Teenager und ich bin ganz kribbelig.

David: Ja, ich werde Dich wieder jung machen.

Angela: Du kannst mich leider nicht lächeln sehen. Ich lächele gerade.

David: Ich kann Dein Lächeln fühlen. Ich sehe Dich in meinem Geiste, meine Liebe.

Angela: Ich wünschte, ich hätte mehr Bilder von Dir.

David: Bald brauchst Du keine Bilder mehr, denn dann werde ich ganz und gar bei Dir sein, komplett und real. Entspanne Dich Geli, sehr bald werden wir zusammen sein.
Angela: Ja, David, ich bin ganz entspannt.

David: Hast Du was gegessen, mein Schatz?
Angela: Ja, habe ich.
David: Ich hoffe, Du hast gut gegessen. Was gab es denn?
Angela: Es gab kalten Braten und Salat dazu.
David: Jetzt machst Du mich hungrig, mein Engel.
Angela: Oh, das tut mir leid.
David: Nein, nein, das muss Dir nicht leid tun. Ich stelle gerade mir vor, wie ich Dir die Salatcreme von den Lippen küsse. Mmmmh. Das schmeckt köstlich.
Angela: Ich schließe meine Augen und fühle Deinen weichen Kuss auf meinem Mund.

Ich schließe wirklich meine Augen und versuche etwas zu fühlen. Ich muss grinsen. Die Vorstellung, dass mir jemand die Salatsoße aus den Mundwinkeln schleckt, ist witzig.

David: Da ist auch noch etwas Salatcreme an Deiner Zunge. Ich erkunde mit meiner Zunge Deinen Mund und meine Hände gleiten dabei leicht über Deinen Körper. Ich streichele Dich sanft wie eine Feder.

Huch, mein Herz hat gerade gehüpft und mein Gesicht beginnt zu glühen.

Angela: Oh Mann ist das warm hier. Ich glaube, ich habe die Heizung zu hoch gedreht.

David: Hahaha, das ist nicht die Heizung. Das bist Du, ganz alleine Du.

Angela: Ich werde Dich nie wieder gehen lassen.

David: Ich sehe uns zusammen unter der Sonne am karibischen Strand und ich öle Dir den Rücken ein, damit die Sonne Deiner empfindlichen Haut nichts tun kann.

Angela: Verdammt heiß hier in der Karibik. Moment, ich muss mal die Fenster weit aufmachen, ich brauche frische Luft.

Ich bin überhaupt keine erotischen Chats gewohnt. Das ist Neuland und ich weiß nicht recht, wie ich mich verhalten soll. Ich fühle mich kribbelig, es ist ein schönes Gefühl, wenn David so intim mit mir schreibt. Es berührt mich sehr, es macht mir Herzklopfen. Aber wie gewohnt fallen mir keine sinnvollen Antworten ein.

David: Nichts wird uns mehr voneinander trennen.

Angela: Ich liebe Dich, David. Ich kann nicht ausdrücken, was ich gerade fühle. Ich kann es nicht auf Englisch sagen.

David: Du brauchst mir nichts zu sagen. Ich weiß, dass Du mich liebst, meine Süße. Ich möchte Dich heute zum Abendbrot vernaschen.

Das ist niedlich. Ach ja, ich möchte so gerne vernascht werden.

Angela: Hmmm...bist Du Dir sicher, dass ich gut schmecke?
David: Du wirst die beste Mahlzeit sein, die ich je hatte.
Angela: Okay, zuerst kannst Du meine Ohren anknabbern.
David: Und dann werde ich dort weiternaschen, wo es am meisten Spaß bringt und bist Du kommst.
Angela: Huuui.

Der geht aber zur Sache. Jetzt brennen mir die Ohren. David scheint was zu merken. Es dauert ein bisschen bis er weiter schreibt und er scheint verunsichert.

David: Was ist. Magst Du das nicht? Soll ich aufhören?

Ich überlege ein paar Sekunden. Soll er aufhören? Ich fühle in mich hinein. Nein, ich will, dass er weitermacht und wenn er mag, dann das ganze Programm. Ich horche nochmals in mich rein. Es ist ziemlich spät, Martin ist bereits im Bett, ich bin also ungestört. Egal, ich habe schon ewig keinen Sex gehabt, warum dann nicht mal diese Form ausprobieren.

Angela: Nein, höre nicht auf. Ich mag das, bitte mach weiter. Knabber an mir! Vernasche mich und ich werde Dich auch aufessen!!!
David: Hahaha… meinst Du, Du kannst mich essen?
Angela: Na sicher. Ich bin sehr hungrig.
David: Mit welchem Körperteil möchtest Du beginnen?

Es dauert ein wenig, bis ich es zusammen geschrieben habe, aber mir fällt etwas sehr Anregendes ein.

Angela: Hmmm, ich werde an Deinem Nacken beginnen. Du liegst auf Deinem Bauch und ich küsse Deinen Nacken. Ganz langsam küsse ich Dich abwärts, Deinen Rücken hinunter bis zu Deinem Hintern.
David: Oh ja, ich fühle Deine Zunge meine Wirbelsäule hinab wandern.
Angela: Und dann werde ich Dir Deinen knackigen Hintern massieren.

Ich stelle mir vor, wie meine Hände über seine Pobacken streicheln und sich die feinen, kaum sichtbaren blonden Härchen seines Hinterns vor Erregung aufstellen.

David: Oh, Angela, ich weiß, Du hattest schon lange keinen Liebhaber. Und das Erste wofür ich sorge, wenn ich bei Dir bin, ist, dass Du kommst. Ich werde Liebe mit Dir machen auf eine Weise, die Du für lange Zeit nicht vergessen wirst.
Angela: Ich hoffe nicht, dass es das Erste sein wird, wenn Du bei mir bist. Wir werden dann noch auf dem Flughafen sein.
David: Ich werde Deinen Körper mit meinen wohltuenden Handflächen liebkosen, während ich in Dir bin und werde Dich zum lauten Stöhnen bringen.
Angela: Auf dem Flughafen? In der Ankunftshalle? Wow, wir kommen bestimmt in die Zeitung.

Ich breche in heftiges Gelächter aus. Oh je, ich darf nicht zu laut sein, sonst wird Martin wach und will wissen, was los ist. David schickt mir ein Emoticon das zeigt, dass auch er lachend zusammenbricht.

David: Nein, nicht auf dem Flughafen, aber in unserer ersten gemeinsamen Nacht.
David: Was trägst Du gerade, mein Schatz?
Angela: Eine schwarze Jeans und einen gestreiften Pulli.
David: Hmmm, das ist nett. Und was trägst Du darunter?
Angela: Socken?

David bricht virtuell wieder lachend zusammen. Das war wohl nicht die richtige Antwort. Mir tut schon der Bauch weh und ich habe Tränen in den Augen von meinem unterdrückten Gelächter.

Angela: Ich weiß nicht was ich sagen soll...mir fehlen grad die Worte. Ich bin es nicht gewohnt, in Englisch über meine Unterwäsche zu reden.
David: Das macht doch nichts. Sei einfach Du selbst. Fühlst Du Dich denn wohl in der Jeans zu dieser späten Stunde?
Angela: Nein, Du hast recht. Ich werde meine Klamotten wechseln und was Bequemes anziehen.
David: Okay.

Ich gehe in mein Schlafzimmer. Was ziehe ich an? Wenn Martin doch unerwartet um die Ecke kommt, muss ich ja nicht gerade das freizügigste Negligé tragen. Außerdem sieht David mich nicht. Ich kann ja viel erzählen. Daher entscheide ich mich für das Shirt mit dem Guten-Nacht-Bären drauf. Äußerst unerotisch, aber das ist mir egal.

Angela: Ich trage jetzt mein Nachthemdchen.
David: Mmmmh, ich liebe rote Seidennachtwäsche.

Angela: Ja, ich habe seidene Negligés, ein weißes, ein schwarzes und ein pinkfarbenes.

David: Pink ist auch Klasse. Ich wette, man kann darin Deine Kurven sehen und es hat ein tiefes Dekolleté.

Angela: Ich werde es Dir zeigen, wenn Du hier bist.

David: Hmmmm...wenn ich daran denke, dann wacht mein Junior auf.

Angela: Hahahahaha

David: Er ist ein dummes Ding.

Angela: Ich denke, er ist schon ein großer Junge!

David: Jaaaa, das ist er tatsächlich.

Ich glaube, nach diesem heutigen Chat muss ich erst einmal unter die Dusche.

Angela: Ich gehe gleich unter die Dusche, willst Du mitkommen?

David: Hmmm...

Angela: Nicht?

David: Natürlich möchte ich gerne mitkommen. Das weißt Du ganz genau, Geli.

Angela: Ja, ich weiß das, aber ich mag Dich gerne fragen.

David: Wenn ich bei Dir bin, dann werde ich Dich baden.

Der Gedanke, dass David mit mir badet und mir den Rücken einseift, gefällt mir gut.

Angela: Und nun habe ich meine Worte verloren. Mir fällt nichts mehr ein.

David: Hahahaha...

David: Mir ist, als halte ich Dich von hinten, in Deiner großen Badewanne in der Du nackt liegst und in der ich Dich in Honig bade. Danach lecke ich den ganzen Honig mit meiner Zunge von Deinem Körper.

Himmel, jetzt bin ich erregt. Honig von meiner Haut schlecken. Das ist sehr intim und schön.

Angela: Ich schmelze gerade. Das hört sich großartig an.
David: Ja, es ist großartig und wie das schmeckt. Ich kann gar nicht genug davon bekommen.
Angela: Du wirst Dir den Magen verderben.
David: Danach hebe ich Dich aus der Wanne, trockene Dich ab und dabei streichele ich sanft Deine Brust und küsse Deinen Bauchnabel.

Ich höre auf zu denken. Ich versinke in einem süßen, berauschenden Gefühl.

David: Ich habe einen Eiswürfel in meinem Mund. Von Deinem Bauchnabel bewege ich den Eiswürfel mit meiner Zunge aufwärts zur Deiner Brust und fahre mit dem Eiswürfel so lange über Deine Brustwarzen, bis diese hart und aufrecht stehen.

Ein Schauder läuft durch meinen Körper. Ich spüre den Eiswürfel auf meiner Haut. Die Härchen an meinen Armen heben sich. Ein sanftes aber nicht nachlassendes Kribbeln lässt meine Hände nach unten wandern. Ich fühle, dass mein Slip durchfeuchtet ist.

Angela: Oh, ich liebe das.

David: Ich öffne Deine Beine und erkunde und erobere erst mit meinen Händen und dann mit meiner Zunge das unbekannte Land, das sich dort befindet. Du stöhnst vor Lust, während ich spiele.

Angela: Ich werde hier langsam zum Wasserfall.

David: Ja, so soll es sein. Möchtest Du, dass ich weitermache?

Angela: Ja, David, ja, bitte mach weiter.

David: Okay, stelle Dir vor, während meine eine Hand das unbekannte Gebiet spielerisch erkundet, rolle ich mit Daumen und Zeigefingern der anderen Hand Deine Brustwarzen und kneife sie ganz sanft. Gleichzeitig knappere ich an Deinem Ohrläppchen und versenke meine Zunge in Deine Ohrmuschel.

Angela: Oh ja, ich fühle es ganz genau.

In meinem Bauch krampft sich etwas zusammen. Es ist ein intensives, lustvolles, schmerzhaftes Ziehen im Unterleib, das nach Befriedigung schreit.

David: Dann trage ich Dich zum Bett. Während ich Dich trage, sitzt Du auf meinen Hüften und hast Du Deine Beine um mich geschlungen und ich bin noch immer in Dir.

Angela: Bist Du sicher, dass Du das schaffst?

Ich bin atemlos und kann mein eigenes Stöhnen kaum noch unterdrücken. Ich beiße mir auf die Lippen.

David: Ja, ich bin groß und stark, weißt Du? Ich lege Dich auf den Rücken auf das Bett und lege Deine Beine auf meine Schultern...

Es geht weiter und weiter. Davids verführt mich zu mir unbekannten Fantasien, die mir noch nie jemand gezeigt hat und die so lustvoll und erregend sind, dass ich mich selbst vergesse. Ich kann an nichts mehr denken als an ihn. Ich fühle ihn, ich spüre seinen Atem, ich verfalle ihm. Ich habe keinen eigenen Willen mehr, ich gehöre nur noch ihm.

Angela: Du bist ein Herzensbrecher. Ich hoffe, Du wirst mir nie das Herz brechen, David.
David: Das werde ich niemals in meinem Leben machen, denn Du bist mein LEBEN. Eher würde ich mein Leben beenden, statt Dir das Herz zu brechen. Das werde ich NIEMALS tun.

* * *

Ich erzähle nur wenigen Menschen von meiner neuen Beziehung: Meine Mutter, meine Schwester, mein Sohn und ein paar Arbeitskollegen wissen davon. Fast alle freuen sich für mich, besonders meine Mutter ist ganz aus dem Häuschen. „Geli, erzähl mal. Wie ist er so? Wie alt ist er und wann kommt er Dich besuchen? Wirst Du ihn uns vorstellen?“
Ich muss lachen. „Mama, Du bist ja nervöser als ich. Er wird mich sehr bald besuchen kommen und dann werde ich ihn Dir natürlich vorstellen. Aber leider werdet ihr euch nicht viel unterhalten können. Du kannst kein Englisch und er kein Deutsch.“

Meine Schwester lässt sich Davids Bilder zeigen. „Oh, der ist ja süß. Der sieht wirklich sehr nett aus. Ich freue mich so für Dich. Ich wünschte, ich hätte auch so viel Glück."
„Du wirst auch bald jemanden finden", ich spreche ihr Mut zu, „du solltest Dich auch mal bei so einer Single-Börse anmelden. Vielleicht klappt es bei Dir dann auch so schnell wie bei mir."

Meinem Sohn Martin scheint die Aussicht auf einen Besucher nicht so sehr zu behagen. Schließlich ist er zurzeit der Mann im Hause. Er fragt: „Wo will der denn schlafen? Und wie lange bleibt er?"
Ich überlege kurz, was ich jetzt am besten sage. „Ich weiß nicht genau, wie lange er bei uns bleibt. Vielleicht zwei Wochen und er könnte auf der Couch schlafen." Ich halte kurz inne und füge dann an: „Oder er schläft im Schlafzimmer."
Martin schaut mich mit großen Augen an. „Und Du? Das ist doch blöd, wenn er im Schlafzimmer schläft. Dann müsstest auf der Couch schlafen. Dann doch besser umgekehrt, oder?"
Ich belasse es dabei und nicke zustimmend, ohne ihn darauf hinzuweisen, dass mein Bett groß genug für zwei Leute ist.

Mein Chef dagegen ist hin- und hergerissen, und weiß nicht, ob er sich für mich freuen soll oder nicht. „Komm bloß nicht auf den Gedanken, nach Amerika auszuwandern!", meint er und grinst unsicher.
„Nee Boss, mach ich nicht, jedenfalls nicht in absehbarer Zeit. Und wenn ja, dann sage ich rechtzeitig Bescheid."

Obwohl – ich hätte schon große Lust, Deutschland zu verlassen.

Nur einer reagiert komplett mit Unverständnis und Kopfschütteln auf mein Online-Verhältnis: Einer meiner Kollegen, der zu allem Überfluss auch David heißt. Er meint nur abschätzig: „Hast Du ihm Bilder von Pamela Anderson zugesendet oder warum verliebt er sich übers Internet einfach so in Dich? Ihr kennt Euch doch erst ein paar Wochen."
Ich klappe den Mund auf, um etwas zu erwidern und klappe ihn wieder zu. Ich bin überrascht, erschüttert und sprachlos zugleich. Der Kollegen-David sieht sehr gut aus und auch seine Frau ist irgendeinem Mode-Katalog entsprungen. Mich macht er einfach nur sauer. Nur weil ich nicht aussehe wie seine Frau kann man sich nicht in mich verlieben, oder wie? Ich habe mich doch auch verliebt und mein geliebter David sieht auch nicht aus wie Brad Pitt sondern ist ein ganz normaler Durchschnittstyp.

* * *

Ich stelle meine ganze Wohnung auf den Kopf. Gemeinsam mit meiner Mutter mache ich Frühjahrsputz bis alles blitzt und blinkt. Auch der Kleiderschrank im Schlafzimmer wird komplett ausgeräumt und nur zur Hälfte wieder eingeräumt. Die andere Hälfte ist ab sofort für David reserviert, damit er dort seine Wäsche unterbringen kann.

Ich bekomme leider nur eine Woche Urlaub.

Angela: David, ich haben den Urlaub genehmigt bekommen, aber nur eine Woche.

David: Das ist großartig, mein Engel.

Angela: Ja, aber eine Woche ist so wenig. Bleibt es jetzt dabei und Du fliegst in einer Woche?

David: Es tut mir sehr leid, mein Schatz, aber das schaffe ich nicht. Ich brauche noch ein paar Tage länger.

Angela: Oh wie schade. Weiter nach hinten geschoben bekomme ich den Urlaub nicht. Und nun? Ich finde es nicht gut, wenn Du hier alleine bei mir zuhause rumsitzt, wenn ich auf der Arbeit bin.

David: Das ist nicht schlimm, mein Engel. Wenn Du arbeitest, dann arbeite ich auch. Das gibt mir ausreichend Zeit um weiter an meiner Dokumentation zu arbeiten. Und die Abende und die Wochenenden haben wir für uns.

Angela: Das hört sich gut an. Wie lange wirst Du bei uns bleiben?

David: Wie lange darf ich denn bleiben.

Angela: David Liebling, Du darfst so lange bleiben wie Du möchtest. Aber irgendwann musst Du doch sicher wieder zurück nach Hause, oder?

David: Ich würde gerne mindestens zwei Wochen bleiben und muss spätestens nach vier Wochen zurück in die USA.

* * *

David hat Neuigkeiten.

David: Baby, nun bin ich doch bald bei Dir. Ich habe alle Informationen gesammelt, die ich für meine Dokumentation benötige und ich brauche hier nicht mehr anwesend sein. Ich nehme meine Notizen und Aufzeichnungen einfach mit und schreibe bei Dir den Rest zu Ende.

David überrascht mich immer wieder.

Angela: Oh, wirklich? Wann kommst Du denn?
David: Ich plane, morgen Abend Nigeria zu verlassen. Übermorgen bin ich bei Dir. Freust Du Dich?

Was für eine Frage! Natürlich freue mich. Ich warte doch schon so lange. Dann klappt es doch noch mit ein paar gemeinsamen Tagen Urlaub.

Angela: David, das ist ja wunderbar! Wann fliegst Du genau, hast Du eine Flugnummer für mich? Mit welcher Fluggesellschaft fliegst Du?

Ach Du lieber Himmel, ich bin ganz aufgeregt. Übermorgen ist David schon hier! Mir flattert das Herz und stockt der Atem.

David: Sweetie, ich habe noch keinen Flug gebucht. Ich werde morgen früh ein Waisenhaus besuchen und wenn ich zurückkomme, dann packe ich meine Sachen, fahre zum Flughafen und werde dort sehen, welchen Flug ich nehme.

Ich verstehe nicht warum David den Flug erst so spät bucht. Sowas macht man doch wesentlich früher! Ich mag solche Hauruck-Aktionen nicht, bei mir muss immer alles gut überlegt und geplant sein. Ich schimpfe ihn liebevoll aus.

Angela: David mein Liebster, warum hast Du nicht schon längst gebucht? Woher weißt Du, ob Du noch einen Platz bekommst? Und wie lange willst Du denn am Flughafen auf den Flieger warten? Geht morgen überhaupt ein Flug nach Deutschland?

David: Meine liebe Angela, zerbreche Dir bitte nicht den Kopf darüber. Alles ist in Ordnung. Es gehen täglich mehrere Flüge nach Europa und es wird auch kein Problem sein, einen Anschlussflieger nach Hamburg zu bekommen. Ich bin ein spontaner Mensch. Daran wirst Du Dich gewöhnen müssen, okay?

Ja, wenn er sagt, dass es okay ist dann ist es wohl okay. Auch wenn es mir nicht passt.

Angela: Okay mein Schatz. Du bist der Beste! Ich werde mich daran gewöhnen.

David: Gut. Ich werde mich morgen ganz früh auf den Weg machen, um das Waisenhaus zu besuchen. Es liegt außerhalb von Lagos.

Angela: Wie kommst Du denn da hin?

David: Mit meinem Mietwagen. Ich habe heute bereits sehr viel eingekauft und der Wagen ist voll mit Spielzeug, Kleidung und einigen Nahrungsmitteln.

Angela: Okay.

David: Ich kann es kaum erwarten, den Kindern diese Dinge zu überreichen und ihre freudigen Gesichter zu sehen.

Angela: Ja, es wird bestimmt großartig werden. Ich wäre so gerne dabei. Ich freue mich, dass ich Dich kenne. Du bist ein wundervoller und liebevoller Mensch.

David: Vielen Dank mein Engel. Ich liebe Dich. Ich werde mich bei Dir melden, bevor ich zum Flughafen fahre.

Angela: Ich liebe Dich auch, mein Schatz.

* * *

Ich bin gerade dabei, meinen Berg Bügelwäsche abzuarbeiten, als das Telefon klingelt. David ist am Apparat und redet auf mich ein. Das Bügeleisen in der rechten Hand und das Telefon am linken Ohr, verstehe ich im ersten Moment gar nichts. „David! Sprich bitte langsamer. Was ist los?"

David antwortet atemlos. „Darling, es ist etwas Schlimmes passiert."

„Schatz, ich verstehe nicht richtig, wie geht es Dir?" Ich bin verwirrt.

„Ich bin hier auf einer Polizeistation, es ist etwas Schreckliches passiert, Baby. Ich weiß nicht was ich tun soll!" David hört sich verzweifelt an.

Was ist denn da los? Verdammt, wieso ist die Gesprächsqualität wieder so schlecht? „Oh mein Gott! David, was ist passiert? Die Leitung ist schlecht. Sprich bitte lauter."

„Ich hatte einen Unfall." Davids Stimme überschlägt sich.

„Oh je, bist Du verletzt?"

„Nein, ich bin nicht verletzt, aber ich habe einen kleinen Jungen überfahren und ihm geht es sehr schlecht." David atmet schwer.

„David, es tut mir leid. Was kann ich tun?“ Ich meine zu hören, wie David auf der anderen Seite der Leitung innerlich auseinanderfällt. Sein Selbstbewusstsein und seine Stärke sind verschwunden. Er schluchzt und fängt an zu weinen. „Ich habe Angst, ich weiß nicht, was ich tun soll“, flüstert er.
Ich fühle mich völlig hilflos und die Situation überfordert mich. Wieso passiert so etwas ausgerechnet jetzt und immer so unerwartet und plötzlich? Mein Gehirn ist leergefegt. Meine Hände fangen an zu zittern. Davids Angst überträgt sich auf mich. Gott, was mache ich jetzt? Ich hole tief Luft und nehme alle meine Energie zusammen, um David eine lange, beruhigende Antwort zu geben: „Mein Lieber, alles wird gut. Komm, hör auf zu weinen, alles wird gut. Ich bin bei Dir in meinen Gedanken. Bitte, rufe jetzt sofort bei Deinem Konsulat an. Die werden dir helfen. Die müssen Dir helfen. Bitte mein Schatz, alles wird gut.“
„Okay, ja, ich danke Dir, mein Engel. Das werde ich machen. Bitte, Angela, bete für mich. Bitte bete, das alles wieder gut wird.“

Nachdem ich David versprochen habe für ihn zu beten, legt er auf und ich muss mich erst einmal setzen. Ich starre minutenlang schockiert in die Luft und in meiner Vorstellung sehe ich Davids erschrockenes Gesicht und seine hilfesuchenden Augen, die mich direkt ansehen. Meine Güte, er hat geweint, es muss entsetzlich für ihn sein. Ich habe noch nie einen Menschen angefahren, alleine die Vorstellung, ein Kind zu überfahre, gleicht einem Alptraum. Mir ist auf einmal sehr kalt. Nicht nur meine Hände zittern, das innere Bild des überfahrenen

Kindes in meinem Kopf, das auf der staubigen Straße liegt, lässt mich erschauern und von irgendwoher riecht es verkohlt. Hat es bei dem Unfall gebrannt? David hat nichts davon erzählt. Oh, das Bügeleisen! Ich komme abrupt zurück in die Realität, springe auf und stürze zu dem Bügelbrett. Aber es ist zu spät. Das Eisen hat sich in Martins bestes T-Shirt gebrannt. Verdammt. Ich kann das aufkommende Schluchzen nicht unterdrücken, meine Augen füllen sich mit Tränen. Mit zitternden Händen nehme ich das Bügeleisen vom Brett, stelle es aus und beiseite und lüfte die Wohnung. Ich darf mich nicht so gehen lassen. Ich muss unbedingt einen klaren Kopf bewahren. Ich ermahne mich selbst: Geli, reiß Dich zusammen!

* * *

Sechs Stunden später ist David online. Die Polizei hat ihn gehen lassen und er durfte ins Hotel zurückkehren, allerdings wurden ihm alle Papiere abgenommen, damit er das Land nicht verlassen kann. Er hat sich in der Zwischenzeit etwas beruhigt und jetzt kann er mir auch genauer berichten, was passiert ist:

David war auf der Rückfahrt vom Waisenhaus zum Hotel, als ihm das Kind beim Spielen direkt ins Auto gelaufen ist. Er hatte den kleinen Jungen viel zu spät gesehen und das Kind wurde schwer verletzt. Krankenwagen und Notärzte sind in Nigeria nicht so einfach verfügbar wie bei uns, schon gar nicht außerhalb der Großstädte. Deshalb musste David den etwa 10jährigen Jungen selbst in das nächste Krankenhaus fahren. Die Eltern des Jungen und die Polizei wurden vom Krankenhauspersonal informiert und David wurde zu einer Polizeistation gebracht.

Zwischenzeitlich stellte sich heraus, dass der Junge innere Blutungen hat und innerhalb der nächsten 24 Stunden operiert werden muss, sonst wird er höchstwahrscheinlich nicht überleben. Das Krankenhaus operiert aber nur dann, wenn die OP im Voraus bezahlt wird. Eine Pflicht-Krankenversicherung wie bei uns gibt es in Nigeria nicht und David sagt mir, dass das Krankenhaus nicht verpflichtet ist, das Kind zu operieren, wenn die Bezahlung unklar ist. Die Eltern sind zu arm, sie können das Geld für die Operation nicht aufbringen und sie haben ihn angezeigt. Zeugen hatten wohl ausgesagt, dass er das Kind hätte sehen müssen. Daraufhin hat die Polizei ihm seine Papiere weggenommen und er bekommt sie erst wieder, wenn die Operation bezahlt ist. Das Problem dabei ist, dass David seine Reisekasse fast komplett aufgebraucht hat. Er hatte gestern die Sachen für das Waisenhaus gekauft und deshalb nur noch wenige Dollar in der Tasche, mit denen er im Krankenhaus nur eine Anzahlung leisten konnte, aber das Geld reichte bei weitem nicht aus, die ganze Operation und weitere Behandlung zu bezahlen.

Angela: David, hast Du mit Deinem Konsulat gesprochen?

David: Ja, ich habe dort angerufen. Aber die können mir nicht helfen.

Angela: Was heißt, die können Dir nicht helfen? Die sind verpflichtet, Dir zu helfen.

Ich bin mir sehr sicher, dass das amerikanische Konsulat hilft, wenn eigene Staatsbürger im Ausland in Schwierigkeiten sind.

David: Ja, mein Engel, aber die sind zu langsam. Der Konsulatsmitarbeiter hat mir gesagt, dass ich erst einen Antrag ausfüllen muss und dass dieser dann bearbeitet wird. Das kann einige Tage dauern. Aber der Junge muss jetzt operiert werden, sonst stirbt er! Oh mein Gott, Geli, was soll ich denn nur tun? Ich bin verzweifelt. Wenn das Kind stirbt, dann bin ich ein Mörder und komme ins Gefängnis!

Ich versuche, innerlich ruhig zu bleiben und mich nicht wieder von Davids Verzweiflung anstecken zu lassen. Ich muss einen kühlen Kopf bewahren.

Angela: Was ist mit Deiner Bank? Du kannst doch sicher auch im Ausland Geld abheben, oder?

David: Das Krankenhaus nimmt meine Kreditkarte nicht an, auch die Banken nicht. Es wird in Nigeria zu viel Kreditkarten-Betrug betrieben und daher werden die hier nicht akzeptiert. Ich habe schon mit meiner Bank telefoniert. Die können mir nicht so auf Zuruf helfen. Ich kann meine Identität am Telefon nicht beweisen.

Es rattert in meinem Kopf. Ich suche nach einer Lösung, finde aber zurzeit keine.

Angela: Oh mein Liebling, ich würde Dir ja gerne helfen, aber ich weiß nicht wie. Ich weiß nur, dass es immer einen Ausweg gibt, selbst dann, wenn es aussichtslos erscheint.

Das ist nicht nur so daher gesagt. Es gibt eine Lösung des Problems. Da bin ich mir ganz sicher. Irgendwie müssen wir diese Aufgabe lösen.

David: Geli, würdest Du mir helfen wollen?

Angela: Um Himmels Willen, ja, natürlich würde ich Dir helfen, wenn ich könnte. Um wie viel Geld geht es denn?

David: Es fehlen noch 650 Euro, die das Krankenhaus haben will.

Angela: Mein Liebling, ich würde das Geld auf das Bankkonto des Krankenhauses überweisen, wenn Du mir die Bankverbindung nennst, aber das ist eine Auslandsüberweisung und dauert bestimmt eine ganze Woche.

David: Es gibt da noch eine andere Möglichkeit, das nennt sich Bargeldtransfer und das Geld ist innerhalb einer Stunde hier.

Angela: Tatsächlich? Das kenne ich gar nicht. Was ist das?

David: So hat meine Großmutter mir früher manchmal Geld gesendet, wenn wir weit voneinander entfernt waren. Schau mal hier diesen Link: westernunion.com

Angela: Oh okay, ich schaue es mir gleich an.

Ich rufe die Webseite von Western Union auf und sehe mir die dazugehörige deutschsprachige Seite an. Ich lese mir alles sehr gründlich durch. Es ist tatsächlich möglich ohne nennenswerten Zeitverlust Bargeld zu überweisen. Das Geld wird dem Empfänger umgehend ausgezahlt, wenn er sich ausweisen kann und die Transaktionsnummer (MTCN)weiß. Dieses Western Union gibt es in jeder Postbank Filiale hier in Deutschland. Sehr genial! So kann ich tatsächlich schnell und unkompliziert helfen.

Angela: Liebling, ich werde gleich morgen früh los, das Geld einzahlen und Dir dann eine SMS mit der Transaktionsnummer senden.

David: Mein Engel, Du bist wahrlich ein Engel. Ich liebe Dich. Ich kann Dir gar nicht genug danken. Du bist das Beste, was mir je passiert ist. Ich verspreche Dir, Du bekommst das Geld sofort zurück, wenn ich in Deutschland angekommen bin. Noch am Flughafen in Hamburg werde ich an den Geldautomaten gehen und Dir das Geld wiedergeben.

* * *

Am nächsten Morgen bin ich früh um neun Uhr in der nächstgelegenen Postbank-Filiale. Die Mitarbeiterin am Schalter gibt mir ein Formular, das ich ausfülle. Ich muss Name und Adresse des Empfängers angeben, die Adresse hatte David mir mitgegeben. Es wird ein Codewort benötigt. Ich denke mir eins aus: Hope (Hoffnung). Das ist ein schönes Codewort für diese Transaktion. Am Schalter muss ich mich mit einem gültigen Personalausweis oder Reisepass ausweisen und die Nummer des Personalausweises wird mit auf das Formular gedruckt. Was für eine aufwendige Prozedur! Und teuer ist es auch. Ich bezahle 32,50 Euro an Gebühren. Dann endlich bekomme ich die MTCN, das ist eine 10stellige Transaktionsnummer.

Kaum habe ich das Postgebäude verlassen, schreibe ich eine SMS an David mit der MTCN, dem genauen Betrag und dem Codewort.

Drei Stunden später antwortet David per SMS, dass er das Geld erhalten hat, die OP bezahlen konnte, seine Papiere zurückbekommen hat und nun seine Sachen packt. Er will einfach nur weg und so schnell wie möglich raus aus Nigeria. Ich kann es ihm nicht verdenken und mir fällt ein Stein vom Herzen. Meine Güte, wenn er nur schon hier wäre!

* * *

Mein Telefon klingelt. Es ist Abend und ich liege im Halbschlaf auf der Couch. Ich hebe ab. David ist dran.
„David, wo bist Du?"
„Ich bin hier am Flughafen in Lagos."
„Wann geht Dein Flieger, mein Liebling?"
„Mein Engel, ich bin gestrandet. Ich bekomme keinen Flug."
„Was?" Ich verstehe nicht. „David, sag das bitte nochmal." Jetzt bin ich wach.
„Die Fluggesellschaften akzeptieren meine Kreditkarte nicht. Ich habe es bei mehreren versucht. Sie weisen mich alle ab. Angela, ich weiß nicht mehr weiter. Ich bin am Ende. Ich bin gestrandet."

„Oh meine Güte, David! Und was nun?" Ich komme zu schnell von der Couch hoch und mir ist schwindelig. In meinem Kopf regt sich leiser Zweifel. Fluggesellschaften, Banken und Krankenhäuser, die keine Kreditkarten annehmen? In welcher Welt leben wir? Selbst in einem Entwicklungsland müssten in der Hauptstadt doch gewisse Standards existieren, schließlich ist Nigeria nicht irgendein Kaff sondern ein riesiges Land und ein OPEC-Staat. Da sind doch bestimmt auch viele Geschäftsleute unterwegs.
„Ich weiß nicht, was ich tun soll. Ich denke, ich gehe jetzt erst einmal wieder zurück in mein Hotel." David hört sich niedergeschlagen an, aber im Moment finde ich keine tröstenden Worte. Ich muss mich erst erkundigen, ob das alles wahr sein kann.

Im Internet werde ich fündig. David hat recht. Kreditkarten werden in Nigeria nicht angenommen. Das Internet ist wahrlich eine Allwissende Müllhalde, ich finde die entsprechenden Hinweise: „Es wird empfohlen, Bargeld in US-Dollar zum Umtausch mit nach Nigeria zu nehmen. Mit einer Kreditkarte kommt man in Nigeria bisher nicht sehr weit. Kreditkarten werden nur äußerst selten akzeptiert, auch auf der Bank bekommt man damit im Allgemeinen kein Bargeld. Reiseschecks werden für Nigeria ebenfalls nicht empfohlen, da sie praktisch bei keiner Bank angenommen werden, auch nicht in den großen Städten. Es gibt aktuell keine zuverlässig funktionierenden Geldautomaten in Nigeria."

Auf anderen Webseiten lese ich ähnliche Beiträge. Alles weist darauf hin, dass David recht hat und mir die

Wahrheit gesagt hat. Donnerwetter, wie konnte ich nur an ihm zweifeln? Nun bin ich sauer auf mich selbst und beschämt, dass ich überhaupt den Gedanken hatte, es könnte nicht mit rechten Dingen zugehen. Natürlich sagt David die Wahrheit! Warum sollte er lügen? Er hat keinen Grund mich anzulügen. Wir lieben uns und es sollte eine Selbstverständlichkeit für mich sein, ihm zu helfen. Er würde dasselbe auch für mich tun.

* * *

Am nächsten Morgen ist David online. Er war in der letzten Nacht vier Stunden zu Fuß vom Flughafen zum Hotel gelaufen, weil er kein Geld für das Taxi hatte. Wenigstens konnte er zurück in sein altes Hotelzimmer.

David: Ich habe die ganze Nacht kein Auge zugemacht, mein Engel. Ich will einfach nur raus hier aus diesem verteufelten Land.

Angela: Ja, David, ich habe heute Nacht auch nicht geschlafen. Ich habe die ganze Zeit nur an Dich gedacht. Ich bin froh, dass Du gut vom Flughafen ins Hotel gekommen bist.

David: Ja, es war ein langer Weg, es war dunkel und die Koffer waren schwer.

Angela: Es tut mir alles so wahnsinnig leid!

David: Du kannst doch nichts dafür, mein Schatz! Ich liebe Dich.

Angela: Ich liebe Dich auch, sehr sogar.

David: Es ist mir so unangenehm und peinlich, aber könntest Du mir nochmal helfen, damit ich den Flug bezahlen kann? Du bekommst das Geld zurück, wenn ich morgen in Hamburg bin.

Angela: Wie viel brauchst Du für den Flug?

David: 800 Euro, mein Engel.

Angela: Und wie geht es weiter, nachdem ich Dir das Geld gesendet habe?

David: Ich werde das Geld abholen, sofort zum Flughafen durchfahren und in das nächste Flugzeug nach Europa steigen.

Angela: Okay, ich gehe gleich los. Du bekommst die MTCN wieder per SMS.

David: Ohne Dich wäre ich verloren, Angela. Ich stehe tief in Deiner Schuld.

Es gibt Pechsträhnen und schwierige Zeiten, die nicht enden wollen. Ich kenne Menschen, die davon heimgesucht wurden, wie mein Bekannter, der auf einer Reise nach Südamerika in große Schwierigkeiten geriet. Die Koffer kamen nicht im Urlaubsort an, bei einer Wanderung brach er sich seinen Zeh und am vorletzten Tag wurde ihm zu allem Überfluss noch die Geldbörse gestohlen. Wenn man in so einer Pechsträhne festhängt, dann kann man nicht viel mehr tun als diese Zeiten möglichst besonnen durchzustehen. Ich habe Angst um David, ich habe Angst, dass seine Pechsträhne nicht abreißt. Eigentlich hätte er schon seit vorgestern hier sein sollen.

Ich fahre zur Postfiliale. Die Postangestellte, die mich gestern bediente, bedient mich auch heute. Warum guckt die mich so komisch an? Ich fühle mich irgendwie ertappt.

„Und wieder eine Geldsendung nach Nigeria?" fragt sie so laut, dass es jeder in dem Raum mitbekommt. Sie schaut mich mit krauser Stirn an. Ich nicke nur und sie beginnt die Informationen von dem ausgefüllten Formular in den Computer zu übernehmen. Ich bin froh, als ich die Filiale wieder verlassen und dem bohrenden Blick der Angestellten entkommen kann. Gleich draußen vor der Tür sende ich die Zahlungsdetails per SMS an David.

Gegen Mittag, ich stehe gerade in der Küche und mache den Abwasch, ruft David an: „Hallo Baby, ich bin am Flughafen. Ich habe das Geld und es ist alles in Ordnung."
„Oh, David, das hört sich gut an. Wann fliegst Du?"
„Ich kann Dir noch nicht genau sagen, wann ich fliege. Hier ist es wahnsinnig voll. So viele Menschen, die an den Schaltern anstehen."
Ich höre den Lärmpegel im Hintergrund. Es ist wirklich sehr laut. „Okay mein Liebling."
„Wenn ich das Ticket habe, dann rufe ich Dich an, okay?"
„Ich bin gleich nicht zuhause, entweder rufst Du mich auf Handy an oder Du schickst mir eine SMS." Ich muss raus aus der Wohnung und an die frische Luft. Ich kann hier nicht rumsitzen und warten. Ich habe das Gefühl, ich könnte jetzt einen Marathon laufen, so nervös und aufgeregt bin ich.
„Okay mein Engel, sobald ich das Ticket habe, sende ich Dir eine SMS, ja?"
„Ja, das ist eine gute Idee. Ich freue mich."
„Ich freue mich auch so sehr auf Dich. Ich liebe Dich!"

Endlich ist es soweit! Alles ist geklärt und David fliegt in Kürze los. Um mich zu beruhigen und um meine Nervosität abzubauen, schnappe ich mir die Hunde meiner Schwester und laufe mit ihnen durch den Wald. Hin und wieder bekomme ich eine SMS von David, die ich sofort beantworte. Nach zwei Stunden steht er immer noch in der Schlange. Verdammt, meine Nerven sind bis zum Anschlag angespannt. Eine halbe Stunde später hat er sein Ticket und geht durch die Sicherheitskontrollen in den Abflugbereich. Es wird allerdings noch weitere drei Stunden dauern, bis der Flieger Richtung London abhebt. Ich atme tief durch und versuche, meine Nerven in Griff zu bekommen. Alles ist gut, jetzt kann nichts mehr passieren.

Ich bin erst einmal beruhigt. David hat sein Flugticket in der Tasche und wir sind so verblieben, dass er sich meldet, wenn er in London angekommen ist. Von dort ist es ja nur noch ein Katzensprung bis nach Hamburg.

Es ist spät am Abend. Ich habe seit Stunden nichts mehr von David gehört, auf meine SMS antwortet er nicht und sein Telefon ist auch nicht erreichbar. Er ist sicher schon lange in der Luft. Heute ist Freitag und mein letzter Urlaubstag geht zu Ende. Die letzten Tage sind nicht gut gelaufen, aber wenigstens werden wir das Wochenende für uns haben. Ich werde David morgen vom Hamburger Flughafen abholen. Ich wüsste nur zu gerne, um wie viel Uhr er eintrifft, da ich eine Stunde Fahrzeit mit dem Auto einplanen muss. Aber egal, er wird sich sicher melden. Er hat meine Telefonnummer und meine Adresse. Er ist ein erwachsener Mann, der bereits viel herumgekommen ist und wird sich sicherlich nicht auf dem Hamburger Flughafen verirren.

Ich bin zwar müde, aber so aufgedreht, dass ich nicht schlafen kann. Meine Nervosität steigt wieder an und ich versuche mich mit einem Buch abzulenken, kann mich aber nicht auf den Inhalt konzentrieren. Ich versuche es mit Fernsehen, kann den Sendungen aber nicht folgen. Mit Putzen kann ich mich auch nicht beschäftigen, denn die Wohnung ist komplett geputzt. Nun sitze ich hier und spiele Solitär am PC. Dabei brauche ich nicht nachdenken und kann die Minuten und Stunden verstreichen lassen.

Es ist bereits nach Mitternacht und ich kann nicht glauben, was ich auf meinem Bildschirm sehe. David ist online. Wie geht das? Im Flugzeug gibt es sicher kein Internet in der Economy-Class.

Angela: David?
David: Mein Engel!
Angela: Wo bist Du?
David: Ich bin auf der Polizeistation. Baby, die sind zum Flughafen gekommen und haben mich festgenommen. Ich bin ein toter Mann. Geli, ich habe solche Angst.
Angela: Was?

Mein Kopf arbeitet nicht mehr. Ich verstehe nichts. Die Worte auf dem Bildschirm ergeben keinen Sinn.

David: Der Junge im Krankenhaus ist gestorben. Und nun sagen sie, ich hätte ihn umgebracht.

Ich fange an zu begreifen, was passiert sein könnte. Ganz langsam formen sich Gedanken in meinem Kopf.

Angela: David, verdammt. Das kann doch alles nicht sein! Bitte, telefoniere mit Deinem Konsulat. Die müssen Dir jetzt umgehend helfen!

Ich starre auf den Bildschirm. Das ist so - unreal, das grenzt an Wahnsinn. Ein trockenes Lachen steckt in meinem Hals fest und nimmt mir den Atem. Mein Gott, warum muss so etwas ausgerechnet uns passieren. Warum? Warum muss David so schlimm leiden?

Gott gibt keine Antwort auf diese Frage. Stattdessen erzählt David mir, dass die Eltern des Jungen verlangen, dass er die Beerdigung bezahlt.

David: Mein Schatz, wenn ich die Beerdigung nicht bezahle, dann komme ich ins Gefängnis und das werde ich nicht überleben. Oh mein Gott.

Ich kann mir vorstellen, dass die Gefängnisse in Nigeria für einen Amerikaner oder Europäer die Hölle bedeuten würden. Aber ich habe einen egoistischen Moment und interessiere mich sehr viel mehr für die Frage, was mit dem Flugticket passiert ist. Habe ich die 800 Euro umsonst hingeschickt? Ist das Geld weg?

Angela: Mein Liebster, was ist mit dem bezahlten Flugticket. Ist das abgelaufen? Musst Du den Flug nochmal bezahlen?

David: Nein, mein Engel, ich durfte an den Schalter der Fluggesellschaft gehen. Die haben das Ticket zurückgenommen. Sie haben mir das Geld nicht ausgezahlt, aber es wird mit dem nächsten Flug verrechnet.

Na gut, das ist ja wenigstens etwas. Oh verdammt, wie geht es weiter? Wenn mein Englisch nicht so schlecht wäre, dann würde ich persönlich beim amerikanischen Konsulat anrufen. Aber das ist nicht möglich, ich kann den Sachverhalt nicht verständlich schildern.

Angela: David, rufe bitte Dein Konsulat an. Die werden Dich unterstützen. Du brauchst einen Anwalt.

David: Geli, das Konsulat braucht für alles zu lange. Die sind doch gar nicht an mir interessiert. Hier laufen die Dinge ganz anders als in Europa oder Amerika. Ich habe dort doch schon mehrmals angerufen. Ich bleibe in Untersuchungshaft, bis ich für die Beerdigung bezahlt habe.

Ich bin frustriert. Am liebsten möchte ich das Laptop anschreien oder es an die Wand werfen. Ich bin so wütend, auf alle, auf die ganze Welt. Gut, dass Martin bereits schläft. Ansonsten würde er zur Zielscheibe meines Frustes werden. Ich versuche, mich zusammenzureißen und mir nichts anmerken zu lassen während ich mit David schreibe, aber ich kann meinen Ärger nicht ganz unterdrücken.

Angela: Wie kannst Du eigentlich online sein, wenn Du auf der Polizeistation bist, David?

David: Ich habe mein Laptop dabei, mein Engel.

Angela: Ach und die Polizeistationen dort haben Internetanschluss?

David: Nein, Geli, ich habe einen Airtel-Stick.

Angela: Einen was?

David: Einen USB-Stick mit SIM-Karte, darüber komme ich in das Handy-Netz und somit ins Internet.

Angela: Ach so. Wie viel sollst Du für die Beerdigung bezahlen?

David: 760 Euro, meine Liebe. Oder mein Leben wird hier im Gefängnis zu Ende gehen. Ich will das nicht. Angela, ich habe solche Angst zu sterben.

* * *

Mittlerweile habe ich mein Sparkonto geplündert, da mein Girokonto nichts mehr hergibt. Ich zahle die 760,00 Euro für die Beerdigung per Western Union – diesmal aber über eine andere Postbankfiliale. Ich habe keine Lust auf weitere Fragen von der Postangestellten. Es ist sicher suspekt, wenn man auf diesem Wege täglich hunderte von Euro nach Afrika verschickt.

Es nagt in mir und es tut weh. Zum einen ist es die Angst um David, der doch schon längst hätte bei mir sein sollen, zum anderen habe ich die diffuse Angst, es könnte doch etwas nicht stimmen. Es ist ein Hintergrundgefühl, dass ich versuche zu verdrängen. David ist echt, da bin ich mir sicher. Ich war diejenige, die ihn in der Single-Börse angesprochen habe, ich war immer die treibende

Kraft dieser Beziehung. Ich kenne seine Telefonnummer aus den Staaten und seine Adresse in Indianapolis. Ich habe recherchiert und konnte alles nachvollziehen, was er mir gesagt hat. Alles ist plausibel und passt zusammen. Natürlich ist David echt!

Niemand sonst außer David und ich wissen von den Zahlungen, die ich geleistet habe und ich werde auch mit niemanden darüber reden, nicht mit meinen Freunden oder Bekannten und auch nicht mit meiner Familie. Ich weiß genau, dass mir alle raten würden, David fallen zu lassen. Aber das kann ich nicht. Allein der Gedanke daran tut so weh. Ich weiß, er ist echt und ich bin überzeugt, wir gehören zusammen. Ich muss ihm helfen, egal was alle anderen sagen würden.

Heute ist Samstag. David schreibt mir, dass die Banken in Nigeria samstags geschlossen haben und er daher das Geld nicht abholen kann. David muss über das Wochenende im Gefängnis bleiben.

* * *

Am Montagmorgen holt David das Geld unter Polizeibegleitung ab und bezahlt die Kosten für die Beerdigung. Die Eltern fordern, dass er erst nach der Beerdigung des Kindes das Land verlässt. Deshalb verzögert sich der Flug um eine weitere Woche. David darf aber wenigstens in sein Hotelzimmer zurückkehren.

Ich bin in diese Woche sehr deprimiert. David versucht mich aufzumuntern, schafft es aber nicht.

Angela: David, werde ich Dich jemals persönlich kennenlernen?

David: Geli, was redest Du da? Natürlich wirst Du das. Ich werde nächstes Wochenende bei Dir sein.

Angela: Das hast Du schon so oft gesagt, Du bist aber nie gekommen.

David: Bitte, tue mir einen Gefallen und denke positiv. Warum bläst Du solch Trübsal. Es tut mir leid, dass es so gelaufen. Es war bestimmt nicht meine Absicht.

Angela: Ja, entschuldige bitte, mein Liebling. Das wollte ich auch nicht sagen. Ich weiß, dass es nicht Deine Schuld ist. Aber ich habe das Gefühl, als ob ich Dich niemals wirklich treffen werde.

David: Baby, komm, das möchte ich nicht mehr hören. Nächstes Wochenende schließe ich Dich in meine Arme und wir werden eine wundervolle gemeinsame Zeit haben. Vertraue mir, ich werde alles wieder gutmachen, okay?

Angela: Ja, okay, David.

Diesmal bucht David den Flug rechtzeitig. Er schickt mir die Buchungsbestätigung der KLM per E-Mail, mit Abflugs- und Ankunftszeiten sowie den Flugnummern. David wird in Amsterdam zwischenlanden und von dort nach Hamburg weiterfliegen.

Leider sind inzwischen wieder Kosten aufgelaufen. Die restlichen Tage im Hotel müssen bezahlt werden, sowie die Verpflegung und noch einige Taxifahrten. Ich sende David 850,00 Euro. Nun reicht auch mein Erspartes nicht mehr aus und ich nehme 300,00 Euro vom Konto meines

Sohnes. Mir geht es schlecht dabei, aber ich bin von einer Art stoischen Ruhe befallen und meine Stimmung ist total gedämpft. Es fühlt sich an wie der Gang zum Schafott. Erklären kann ich mir meine Gefühlslage nicht und will es auch gar nicht hinterfragen. Ich will jetzt einfach nur noch, dass David hier ist. Egal was es kostet.

* * *

David ruft an. „Geli, mein Schatz! Ich verlasse gerade das Hotel. Das Taxi kommt gleich und bringt mich zum Flughafen."

„Okay, David. Ich wünsche Dir einen guten Flug." Ich fühle mich erschöpft.

„Ich liebe Dich so sehr und ich verspreche Dir, ich mache alles wieder gut, meine Liebe. Ich stehe tief in Deiner Schuld und ich werde Dich auf Händen tragen."

„Ich danke Dir, mein Liebling."

„Baby, ich freue mich so sehr auf morgen. Dann kann ich Dir endlich in die Augen sehen und Dir sagen, wie wunderschön Du bist."

Mein Herz wird weich. „Bis morgen mein David. Ich freue mich auch so sehr."

* * *

Ich bin auf dem Weg zum Flughafen. Seit gestern habe ich nichts mehr von David gehört. Er wollte mich anrufen, sobald er in Amsterdam eingetroffen ist, aber es kam bisher kein Anruf. Vermutlich war die Zeit zu knapp. Heute Morgen habe ich im Internet gesehen, dass der Flug von Lagos nach Amsterdam fast zwei Stunden Verspätung hat. Die geplante Aufenthaltsdauer in Amsterdam von dreieinhalb Stunden ist also auf eineinhalb Stunden zusammengeschrumpft. Da muss er sehr zügig umsteigen und hat nicht viel Zeit zu verlieren. Also kein Grund zur Sorge wegen dem nichterfolgten Anruf. Der Flug von Amsterdam nach Hamburg geht planmäßig.

Ich bin viel zu früh am Flughafen. Ich gehe grundsätzlich auf Nummer sicher und fahre rechtzeitig los. Es wäre ungünstig, wenn auf der Fahrt zum Flughafen etwas passieren würde und David im Ankunftsbereich steht und ihn niemand abholt.

Noch eine halbe Stunde bis der Flieger ankommt. Ich bin nervös. David und ich haben immer vom ersten Augenblick gesprochen. Der erste Blick in die Augen, das erste Mal in die Arme nehmen - der erste Kuss. Ich setze mich hin und träume. Ich träume davon, dass David gleich im Ankunftsbereich eintrifft und sich suchend umsieht. Sieht er mich zuerst oder werde ich ihn zuerst sehen? Werde ich zurückzucken oder wird er mir so vertraut sein wie am Telefon. Was hat er an? Ach je, ich habe ihn gar nicht gefragt, was er anzieht. Aber trotzdem werden wir uns sicher gleich erkennen. Ich schließe die Augen und spüre bereits seinen weichen Kuss auf meinen Lippen.

Das Telefon klingelt und reißt mich aus meinem Traum. Das Display zeigt, dass es ein Anruf aus Nigeria ist. „Hallo? Spreche ich mit Frau Franklin?“ Der Anrufer hat einen starken afrikanischen Akzent.

„Nein, mein Name ist Angela Martens, wer spricht denn da?"
„Frau Martens, mein Name ist Dr. Paul vom Crossbay Hospital. Wir haben ihre Telefonnummer in der Tasche ihres Mannes gefunden."
„Was?" Ich kann dem Gespräch inhaltlich kaum folgen. Irgendetwas schnürt mir die Kehle zu. Ich bekomme keine Luft mehr.
„Ihr Mann ist bei uns."
„Wie? Ich bin hier am Flughafen in Hamburg um meinen Freund, Herrn Franklin, abzuholen. Er wird gleich eintreffen." Ja, in wenigen Minuten wird er durch diese Tür kommen, die ich fest im Blick habe.
„Nein, nein, Herr Franklin saß im Taxi zum Flughafen, als das Taxi einen Unfall hatte. Der Taxifahrer war sofort tot, aber ihr Mann ist hier bei uns."
Mir ist schwindelig. „Herr Franklin ist nicht im Flugzeug?" Es fühlt sich an, als ob etwas Gläsernes in mir zerbricht. Mit meinem inneren Ohr höre ich das Knacken, dann spüre ich es auseinandersplittern. Die Glassplitter bohren sich von der Brust aus hin zum Magen. „Wie geht es ihm?"
„Den Umständen entsprechend, er ist schwer am Bein verletzt. Im Moment bekommt er Schmerzmittel und schläft. Aber er ist guten Händen bei uns im Krankenhaus..." Dr. Paul redet weiter, aber ich höre nicht mehr zu. Sein Akzent nimmt überhand und ich schalte innerlich ab. Stattdessen beschäftigt mich der Gedanke, wieso mir bisher noch nie aufgefallen ist, dass mein Herz aus Glas ist. „Dr. Paul? Können Sie mir bitte eine E-Mail senden und alles aufschreiben? Ich kann sie nicht verstehen."

„Ja, okay, kein Problem."

Ich lege auf. Oh, ich habe Dr. Paul gar nicht meine E-Mail-Adresse gegeben. Egal, seine Mail wird auch so den Weg in mein Postfach finden. Ich befinde mich in einem Alptraum oder in einem schlechten Film, aber sicher nicht die Realität. In der Realität laufen keinen Menschen ohne Herzen umher und zerstören andere, das können nur Zombies in schlechten Filmen. In der Realität schlagen keine Herzen aus Glas und brechen dann in tausend Stücke. Sowas funktioniert nur im Märchen. Das ist doch alles nicht wahr! Angela, wach auf!

Kapitel 2 – Auf der Suche nach Hilfe

Ich weiß nicht, wie ich nach Hause gekommen bin. An die Rückfahrt habe ich keine Erinnerung. Jetzt sitze ich vor meinem Laptop, starre auf den Bildschirm und versuche ruhig zu bleiben. Einatmen, ausatmen - weiterleben. Die scharfen Splitter meines gebrochenen Herzens treiben durch mein Inneres und hinterlassen tiefe, schmerzende Wunden.
Ich rede in Gedanken auf mich selbst ein: „Atme, Geli und konzentriere Dich. Finde raus, was wirklich los ist!"

Die E-Mail des Doktors ist in meinem Posteingang angekommen. Er wiederholt darin, was er mir bereits am Telefon mitgeteilt hat: Davids Beine hat es bei dem Unfall schlimm erwischt. Er bekommt starke Medikamente, damit er ruhiggestellt ist und die Schmerzen ertragen kann. Dr. Paul verspricht mir, mich auf dem Laufenden zu halten und gibt mir den Hinweis, dass das Crossbay Hospital eine eigene Homepage hat. Dort kann ich mich von der Seriosität des Krankenhauses überzeugen und mich über die Schwerpunkte der hauseigenen Angebote informieren.

Ich sehe mir die Homepage an. Sie besteht aus mehreren Seiten: Startseite, Historisches, Service-Leistungen, Mitarbeiter und Kontaktformular. Es ist alles angegeben, was wichtig ist. Die Besuchszeiten, die Adresse und die Telefonnummer werden genannt. Als Serviceleistungen sind aufgeführt: Mutter und Kind Klinik, Innere Medizin, Krebsfrüherkennung, Radiologie, stationäre Behandlung und Operationen sowie Trainings für Krankenschwestern und angehende Ärzte.

Kann es wahr sein und David liegt tatsächlich dort?
Nein, es ist nicht wahr, ich bin auf miese Art und Weise betrogen worden.
Und wenn es doch alles wahr ist? Die Homepage ist einfach gebaut, aber klar strukturiert. Sie ist nicht so professionell gestaltet wie die Homepages von Krankenhäusern bei uns, aber ist das ein Kriterium zu sagen, dass es dieses Krankenhaus nicht gibt? So schlecht sieht die Seite nicht aus und die Kliniken in Westafrika haben sicher ganz andere Probleme als ihre Webpräsenzen auf Hochglanz zu polieren.
Liegt David doch dort?
Nein, selbst die längste Pechsträhne hat irgendwann ein Ende. Das Ganze ist Abzocke und entspricht nicht der Wahrheit.
Und wenn doch?
Und wenn nicht?

Alles dreht sich in meinem Kopf. Der Tag war zu anstrengend und meine Nerven sind diesem Druck nicht gewachsen. Erst das Hoffen und Bangen am Flughafen, dann der Anruf des Doktors und der damit verbundene Zusammenbruch all meiner Erwartungen und Träume. Und nun der Abend, gefüllt mit dem Gefühl von tiefem Schmerz, Scham, Trauer, Hoffnungslosigkeit und Resignation. Mir wird bewusst, dass ich David nie persönlich kennenlernen werde, aber gefühlsmäßig kann ich dieses Wissen nicht begreifen und nicht akzeptieren. Ich bin innerlich zerrissen.

Ich muss raus und laufen, viele Kilometer durch den nahen Wald, fern von allen Menschen. Das ist die einzige Möglichkeit, den Kopf freizubekommen. Glücklicherweise ist es nicht so früh dunkel wie im Winter. Würde ich den Weg im Wald verlieren, dann wäre das Unglück perfekt. Die Bewegung tut gut, aber die Gedanken an David lassen sich nicht abschalten und kreisen immer wieder um die eine Frage: Was kann ich glauben und was nicht? Nach über zwei Stunden mache ich mich auf den Rückweg. Ich komme an einer Tankstelle vorbei und kaufe ich mir nach vier Wochen Abstinenz wieder eine Schachtel Zigaretten. Meine Güte, wie gut die schmecken! Ich habe das Gefühl, das Nikotin betäubt ein wenig meine Herz- und Magenschmerzen.

* * *

Ich habe kaum geschlafen. Mit einem starken schwarzen Kaffee in der Hand bin ich schon früh an diesem Sonntagmorgen im Internet unterwegs und nehme die Website des Krankenhauses noch einmal sehr intensiv in Augenschein. Ich kopiere kleine Passagen aus dem Text und füge diese in das Suchfenster der Suchmaschine ein. Tatsächlich, die Texte gibt es so oder ähnlich bereits bei anderen Krankenhäusern. Es hat den Anschein als seien die Inhalte von mehreren anderen Internetauftritten kopiert und zusammengefügt worden.

Als nächstes sehe ich mir die Namen der Ärzte und Angestellten genauer an. Dr. Paul kann ich auf der Website nicht finden. Dafür suche ich nach „Bola Nelson,

Crossbay Hospital". Bola Nelson ist eine Ärztin, die neben anderen Personen auf der Mitarbeiter-Seite vorgestellt wird.

Die Suchmaschine findet tatsächlich Einträge zu diesem Suchkriterium. Ich komme bei einer Romance-Scammer-Database raus. Was zum Teufel ist das? Mir wird ganz heiß vor Schreck. Wo bin ich denn hier gelandet? Mein Englischwörterbuch sagt mir, dass das deutsche Wort für „Scammer" „Betrüger" ist. Also ist dies eine Heiratsschwindler- oder Liebes-Betrüger-Datenbank. Unter den von mir verwendeten Suchbegriffen „Bola Nelson" und „Crossbay Hospital" taucht ein Michael Smith auf. Ich kann weder mit dem Namen noch mit den angezeigten Bildern etwas anfangen, aber ich lese folgenden Text, der von einer Frau auf Englisch hinterlegt wurde:

„Er hat mit mir über 5 Wochen mit einem Instant Messenger gechattet. Ich wusste nichts über diese Betrügereien. Er erzählte mir, dass er als freiberuflicher Journalist in den Sudan und nach Nigeria reisen müsste. Ich war total verliebt in ihn. Dann erzählte er, dass er ein Autounfall hatte und dabei ein kleines Kind schwer verletzt wurde. Er bat mich, ihm mit Geld zu helfen. Ich überprüfte alles was er sagte und konnte nichts Verdächtiges herausfinden – bis ich ihm das Geld gesendet habe. Nun brauchte er noch mehr Geld, weil das Kind eine Bluttransfusion benötigte. Seid vorsichtig, er bricht Euch das Herz und schreibt wundervolle Dinge. Glaubt mir, ich habe alles überprüft und alles klang plausibel..."

Der Text geht noch auf einige persönliche Formulierungen und Floskeln ein, die der Betrüger häufig benutzt. Ich erkenne den beschriebenen Schreibstil sofort. Es ist David. Verdammt, es ist mein David!

Aber wie ist das möglich? Auf den Bildern sehe ich nicht David sondern diesen Michael Smith. Trotzdem ist die Story fast identisch mit der Geschichte meines Davids und der Schreibstil ist derselbe. Das heißt doch, dass der Mann, mit dem ich gechattet habe, möglicherweise gar nicht David ist, sondern dieser Michael. Oder ist mein David der echte Betrüger und der Michael der falsche? Welche Fotos sind jetzt echt? Die von Michael oder die von David? Oder sind alle Bilder falsch? Wenn die Fotos nicht echt sind, wer sind dann diese Männer auf den Fotos und wer ist der Mann mit dem ich gechattet und telefoniert habe? Heißt der Betrüger nun David Franklin oder Michael Smith – oder vielleicht noch ganz anders? Vielleicht sieht David weder wie David noch wie Michael aus, sondern wie Gollum? Und wo zum Teufel sind meine Zigaretten?

Himmel, wie sind die Zigaretten bloß in den Kühlschrank gelangt? Meine Hände zittern, ich bin völlig durcheinander. Aber jetzt ist es klar. Der Beweis ist erbracht. Wer auch immer der Mann ist, der dahintersteckt, er hat auch andere Frauen mit dieser Masche betrogen. Ich bin einem professionellen Schwindler aufgesessen!

Ich schaue in den Spiegel. Meine Haare sind zerrauft und ich habe dunkle Ringe unter den Augen. Mann oh Mann, so könnte Alice Coopers Tochter aussehen. Ich bin nicht mehr dieselbe Person, die ich noch vor wenigen Tagen war. Ich kann meinen Gefühlen nicht trauen. Sie geben die falschen Signale, ich verstehe mich selbst nicht. Ich liebe David. Ich kann dieses Gefühl nicht einfach ausknipsen, obwohl er mich hintergangen und betrogen hat und ich zu Tode betrübt bin. Es ist so unfassbar. Wir lieben uns doch sehr. Wie konnte es dann zu so einem Desaster kommen?

Ich fühle mich krank. Ich möchte mich verkriechen und kann nicht. Irgendetwas muss ich jetzt tun. Aber was? Wie geht es weiter? Meiner Familie oder meinen Freunden kann ich mich nicht anvertrauen. Die waschen mir den Kopf, wenn sie erfahren, dass ich so viel Geld bezahlt habe. Und ich schäme mich sehr dafür. Aber irgendetwas muss ich unternehmen. Dieser Betrüger muss aus dem Verkehr gezogen werden, bevor er noch mehr Menschen schadet. Es geht nicht nur um mich, sondern auch um die Frauen, die nach mir folgen werden. Außerdem will ich mein Geld zurück. Ich atme tief durch. Es gibt immer einen Weg. Ganz bestimmt gibt es den, ich muss ihn nur finden. Einen Atemzug später habe ich den richtigen Gedanken: Morgen gehe ich zur Polizei und erstatte Anzeige. Die Polizei muss ihm das Handwerk legen.

* * *

Ich sitze allein im Flur und warte, dass der zuständige Kriminalbeamte Zeit für mich findet. In Gedanken versunken, betrachte ich meine Hände. Wie soll ich das Geschehene am besten schildern? Hoffentlich lacht mich der Beamte nicht aus. Mir ist nicht wohl in meiner Haut und ich versuche mich abzulenken. Mein Blick wandert umher. Neben mir steht ein Prospektständer mit Flyern über Hilfsangebote und Telefonnummern bei Häusliche Gewalt, Vergewaltigung und dem Kindernotruf. Wahllos blättere ich in den Prospekten. Habe ich auch wirklich alle Unterlagen dabei? Ich hole ein Kuvert aus meiner Tasche und packe aus: Die Western Union Zahlungsbelege, Davids Postadresse in Indianapolis, seine Adresse in Nigeria, seine Telefonnummern aus Indiana und Nigeria, seine Email-Adresse und der Link zu der Krankenhaus-Website.

„Frau Martens?" Eine Stimme reißt mich abrupt aus meinen Gedanken. Vor Schreck lasse ich die Unterlagen fallen und alles verteilt sich großflächig auf dem frisch gebohnerten, rutschigen Parkett. Der Beamte steht in der Tür und will mich abholen. Meine Güte, warum bin ich nur so nervös? Ich sammle ungeschickt die Unterlagen vom Boden. Hoffentlich ist nichts unter den Schrank in der Ecke gerutscht. Doch, der Zettel mit dem Ablauf und den Eckdaten meiner Geschichte ist nicht dabei. Ich gehe in die Knie und taste suchend unter den Schrank. Mit hochrotem Kopf, dem Zettel und einigen Wollmäusen in der Hand und am Ärmel komme ich wieder hoch. Warum passieren solche Dinge immer in den unpassendsten Momenten? Der Kriminalbeamte wartet schweigend und geduldig bis ich meine Unterlagen zusammen und mich selbst gesammelt habe. Er führt mich in sein Dienstzimmer und bietet mir einen Stuhl an. Ich beginne, meine Geschichte zu berichten, aber die Worte kommen nur stockend über meine Lippen. Gott, ist das alles peinlich. Glücklicherweise stehen der Ablauf und die Daten des

Geschehens auf dem Spickzettel, den ich gestern Abend erstellt hatte und der mir nun als Gedankenstütze nutzt. Ich zähle auf, wofür ich bezahlt habe: Operation, Beerdigung, Flug, Hotel, Taxi, Verpflegung. Mit jedem Aufzählungspunkt möchte ich ein bisschen unsichtbarer werden. Jetzt, wo ich darüber spreche, hört es sich lächerlich an. Wenn ich mich als Unbeteiligte hören würde, würde ich denken: „Oh Mann, was für eine blöde Gans!" Was bin ich für ein Hornochse! Mein Gesicht brennt vor Scham. Sehe ich da einen Funken Amüsiertheit in den Augen des Beamten? Nein, da ist nichts. Er wirkt professionell und hört mir gelassen zu. Er stellt Fragen wenn ich ins Stocken gerate und schreibt das Protokoll.

„Das scheint das Werk der Nigeria Connection zu sein.", meint er und schaut mich erwartungsvoll an.
„Nigeria Connection?", frage ich verdattert. „Was ist das?"
„Sie haben noch nie von der Nigeria Connection gehört?" Erstaunen schwingt in seiner Stimme mit.
„Nein, noch nie." Ich schüttele den Kopf. Das ist ein Begriff, der mir gar nichts sagt. „Aber wie geht es denn jetzt weiter? Ich habe immer noch Kontakt mit ihm. Kann ich bei den Ermittlungen irgendwie dazu beitragen, dass er gefunden wird? Ich würde alles dafür tun."
„Tja, viel werden wir hier nicht tun können." Der Beamte lehnt sich entspannt zurück.
Ich verstehe nicht. „Wieso? Sie haben die Telefonnummern, Email-Adresse und Postadressen. Reicht das nicht, um die Person zu identifizieren? Allein die Telefonnummer kann man doch zurückverfolgen oder nicht?" Ich weiß, dass dies technisch möglich ist. Und wenn wir

nichts tun, dann werden ihm weitere Frauen auf den Leim gehen.
„Ja, hier bei uns in Deutschland würde das funktionieren." Der Beamte schaut mich mitleidig an. „Aber diese Leute sind im Ausland und wir haben kein Rechtshilfeverkehr mit Nigeria. Daher ist es nicht möglich, entsprechend aktiv zu werden."
Das haut mich jetzt wirklich um. „Ich habe im Internet gelesen, dass der Mann schon Frauen aus verschiedenen Ländern betrogen hat. Der darf nicht einfach so davon kommen!"
Der Beamte zuckt mit den Achseln. „Sie können nicht sicher sein, dass es derselbe Mann ist. Es stecken mit Sicherheit verschiedene Menschen dahinter."
Das macht doch keinen Sinn. Ein Gefühl tiefer Enttäuschung breitet sich in mir aus. Ich will nur noch raus an die frische Luft. Aber eine Frage habe ich noch: „Soll ich den Kontakt mit ihm halten, oder sollte ich ihn besser abbrechen?"
„Das ist völlig egal. Wenn sie sich noch weiter mit ihm unterhalten wollen, dann können Sie das tun. Es hält Sie keiner davon ab. Sie sollten ihm nur nicht noch mehr Geld schicken."
Ich bin verwirrt. Mit diesen Antworten habe ich nicht gerechnet. Doch der Beamte setzt noch etwas oben drauf: „Mit großer Wahrscheinlichkeit werden Sie in ein paar Wochen Post von der Staatsanwaltschaft erhalten, dass das Verfahren eingestellt wird, weil es keine Möglichkeit gibt, dem Täter habhaft zu werden."

Ich verlasse die Polizeiwache und es geht mir schlechter als zuvor. Unsere Polizei kann nichts tun. Das habe ich nicht erwartet. Und nun? Ich fühle mich so hilflos. Erst wurde ich missbraucht und nun von der Institution in Stich gelassen, von der ich immer dachte, sie würde in so einem Falle helfen.

* * *

Ich frage per E-Mail bei Dr. Paul nach, wie es David geht. Er antwortet, dass David nun soweit stabilisiert sei, dass er aufrecht im Bett sitzen kann. Dr. Paul übermittelt mir Grüße von meinem geliebten Mann: Er vermisse mich sehr und liebe mich über alles.

Soll ich das Spielchen weiterspielen oder soll ich den Kontakt abbrechen? Ich horche in mich hinein und fühle Trauer, Enttäuschung, Ärger, Frust – aber auch Entschlossenheit - die Entschlossenheit, David nicht aus den Augen zu lassen. Trotzig balle ich meine Fäuste. Dieses Schwein darf nicht einfach so davon kommen. Ich lasse mich nicht umsonst ausnutzen und betrügen, womöglich macht er sich genau in diesem Moment über mich und meine Dummheit lustig. Der Kontakt darf nicht abbrechen. Ich werde es ihm heimzahlen. Irgendwie.

Ich frage Dr. Paul, ob es möglich sei, mit David zu chatten. Er hätte doch den Surf-Stick und damit sollte es auch im Krankenhaus kein Problem sein, eine Internetverbindung aufzubauen. Dr. Paul ist einverstanden. Es sei zwar nicht üblich, aber mir zuliebe würde er Zugeständnisse machen und ich dürfe ab morgen wieder mit David chatten.

Jede freie Minute bin ich im Internet unterwegs und versuche, an Informationen zu kommen. Ich kann nicht einfach nur dasitzen und Trübsal blasen. Es muss irgendetwas geben, das mir weiterhilft. Ich weiß nicht, wonach ich suche, aber ich weiß, dass ich die Dinge nicht in dieser Form auf sich beruhen lassen kann.

Bei meinen Recherchen stoße ich auf die Website des "Internet Crime Complaint Center (IC3)". Ich lese mir die Seiten sehr gründlich durch. Sie erscheinen mir echt und dieses IC3 arbeitet unter anderem mit dem FBI zusammen. Das hört sich gut an. Das FBI ist doch auch international aktiv, oder? Endlich habe ich eine Stelle gefunden, die sich effektiv kümmern könnte.

Ich fülle das Online-Formular aus und beantworte die vielen Fragen. Ich gebe die gesamte Geschichte in Kurzform zu Protokoll und hoffe, dass sie trotz meinem schlechten Englisch einigermaßen vernünftig rüberkommt. Auf der letzten Seite erscheint der Hinweis, dass die Informationen an die zuständigen Stellen weitergeleitet werden und dass diese Behörden Kontakt mit mir aufnehmen. Minutenlang starre ich auf den Bildschirm. Das heißt wohl erst einmal abwarten. Wird sich tatsächlich jemand melden und wenn ja, wer?

* * *

Angela: David mein Schatz, wie geht es Dir? Ich habe Dich so vermisst.

David: Mein Engel, ich habe Dich auch vermisst. Ich habe solche Schmerzen.

Angela: Das tut mir unendlich leid. Mein Liebling, ich bin zu Tode betrübt. Ich wünschte, ich könnte jetzt bei Dir sein.

David: Oh ja, meine Liebste, das wünsche ich mir auch so sehr.

Ich habe mich entschieden, am Ball zu bleiben und den Kontakt zu halten, obgleich das Chatten für mich zum Horror geworden ist. Erst jetzt merke ich, wie unecht und falsch David klingt und ich sehe die ganzen Ungereimtheiten, die ich vorher übersehen oder als nebensächlich abgetan hatte. Ich schüttele ungläubig meinen Kopf und blinzele mit den Augen. Es kommt mir vor, als hätte ich die ganze Zeit geschlafen und geträumt. Nun ist es mir doppelt bewusst, dass ich meinem eigenen Wunschbild zum Opfer gefallen bin. David hat meine Bedürfnisse bedient und dafür kräftig abkassiert. Ich könnte ihn dafür erwürgen, ich möchte ihm die schlimmsten Schimpfwörter an den Kopf werfen und ihm sagen, dass ich weiß, dass er ein Betrüger ist. Aber vermutlich wird er alles leugnen und wenn es schlecht läuft, den Kontakt ganz abbrechen. Wenn ich es weiterlaufen lasse, dann werde ich allerdings bald vor dem Problem stehen, dass David wieder Geld verlangen wird, diesmal für die Bezahlung der Krankenhauskosten. Soviel ist klar. Aber von mir bekommt er nichts mehr, deshalb muss ich die von ihm erwartete Zahlung so lange wie möglich hinauszögern und Zeit gewinnen, bis sich die vom IC3 informierten zuständigen Stellen bei mir melden.

* * *

Inzwischen habe ich die englischen Begriffe Dating-Scammer und Romance Scam kennengelernt. Ich denke, auf Deutsch kann man dieses Phänomen als Heiratsschwindel oder Hochstaplerei umschreiben. In den unendlichen Tiefen des Internets finde ich eine englischsprachige Yahoo-Selbsthilfe-Gruppe, die mehrere tausend Mitglieder umfasst und die sich dem Thema Romance-Scam widmet. Es ist eine offen einsehbare Gruppe, alle Beiträge der Gruppenmitglieder können von Außenstehenden mitgelesen werden. Und es wird verdammt schnell und viel geschrieben. Fasziniert und abgestoßen zugleich beobachte ich, was sich dort abspielt. Ich lese Hilferufe von Menschen, die wie ich ganz fies abgezockt wurden und nun jemanden suchen, der ihnen zuhört oder beiseite steht. Gleichzeitig wird gewarnt, dass auch die Betrüger im Forum mitlesen und sich sogar anmelden. Es gibt immer wieder Zwischenfälle, weil Frauen ihre eigenen Scammer mit in die Gruppe bringen. Das passiert immer dann, wenn sie wissen, dass sie betrogen worden sind, sich aber emotional so sehr an ihren Scammer gebunden haben, dass sie nicht mehr loslassen können. Für mich tut sich eine fremdartige, exotische Welt menschlicher Abgründe auf.

Ich möchte mich in dem Forum anmelden, um Kontakte zu knüpfen, aber ich will nicht meinen echten Namen oder meine echte E-Mailadresse angeben. Es wäre fatal, wenn David mich hier findet und dabei erfährt, dass ich ihn durchschaut habe. Er würde unweigerlich auf dieses Forum stoßen, wenn ich Echtdaten von mir angebe und er per Suchmaschine nach meinem Namen oder meiner

E-Mailadresse suchen würde. Das muss ich verhindern. Er kennt nicht nur meinen vollen Namen, meine Adresse, meine Handy- und Festnetznummer, er hat auch Bilder von mir und Martin. Nachdem ich hier gelesen habe, was einige Scammer mit ihren Opfern treiben, bekomme ich Angst. Ich muss mich also in Acht nehmen.

Ich benötige eine zweite Identität, unter der David mich nicht finden und mit der ich mich unerkannt im Internet bewegen kann. Zuerst brauche ich einen Vornamen. Er sollte kurz, klar und einprägsam sein. Ich grübele einige Minuten und gehe eine Vornamensliste durch. Dana! Dana ist ein schöner Name. Ich mag ihn. Und nun noch einen Nachnamen. Das ist schwieriger. Am besten auch etwas kurzes, das man sich gut merken kann. Hmmm, mal überlegen. Ich kaue nachdenklich auf einem Bleistift herum. Ich bin seit Tagen auf der Suche nach der Wahrheit und stoße immer wieder an meine Grenzen. Was ist wahr und was ist gelogen? Ich selbst bin wahr. Mein Name ist Dana Wahr!

* * *

Seit zwei Tagen bin ich in dem Selbsthilfe-Forum Mitglied. Ich habe auch hier Hinweise auf das Crossbay Hospital und auf Michael oder Mike Smith gefunden. Aber es gibt nichts, was mir weiterhilft oder mein Anliegen vorantreibt. Es ist alles zu groß, zu unübersichtlich und zu schnell. Für mich ist es anstrengend, den einzelnen Gesprächsverläufen zu folgen, aber ich finde Kontakt zu einer anderen Geschädigten. Sie schreibt mir:

„Ich bin Mitglied einer kleinen, geschlossenen Gruppe, ein wirklich wunderbarer Kreis. Außenstehende können dort nichts sehen und nichts lesen. Es ist eine Romance-Scam-Selbsthilfe-Gruppe, die Opfer sehr gut unterstützt. Sie haben sogar ein paar afrikanische Mitglieder, die interessante Informationen und hilfreiches Hintergrundwissen vermitteln. Einer von ihnen hat mir geholfen, zu erkennen, wer oder was die wirkliche Person ist, die mich betrogen hat."

Da muss ich rein. In der angesprochenen geschlossenen Gruppe kann man mir bestimmt weiterhelfen. Das ist genau das, was ich gesucht habe: einen kleinen und übersichtlichen Kreis von Menschen mit Hintergrundwissen. Ich lasse mir den Link zu der Gruppe geben und melde mich dort sofort an.

* * *

Glücklicherweise sind die Chats mit David sehr kurz geworden. Womöglich braucht mein Scammer eine „kreative" Pause oder er hat noch andere Frauen, mit denen er chattet und deren Liebesbedürftigkeit er „bedient". Mir erzählt er, dass er von den Medikamenten schnell müde wird und noch starke Schmerzen hat.

Angela: Wie war Dein Tag?
David: Der Tag war ok. Es regnet draußen. Ich sitze nahe am Fenster und höre das Grollen eines Gewitters.

David wirkt depressiv. Eigentlich habe ich keine Lust, mich mit ihm zu unterhalten und schon gar nicht auf sein weinerliches Getue.

Angela: Wie geht es Deinen Beinen heute? Ich hoffe, es geht etwas besser.
David: Ja, es geht ein wenig besser.
Angela: Das freut mich zu hören.

Ich habe keine Ahnung, worüber ich mich mit ihm unterhalten soll. Für mich hat die gemeinsame Zeit mit David keinen Wert mehr. Die Gespräche sind unbedeutend geworden und mein Inneres ist hohl und leer, wenn ich mit ihm chatte. Ich versuche Gefühle zu zeigen, die nicht mehr da sind, was mir unglaublich schwer fällt. Meine Hände sind wie aus Blei und meine Finger wollen mir beim Schreiben nicht gehorchen.

Angela: David, mein Liebling. Wie wird es weitergehen mit uns? Ich vermisse Dich so sehr.
David: Alles wird gut und bald sind wir endlich zusammen. Ich muss nur wieder gesund werden.
Angela: Ich hoffe sehr, dass das bald der Fall ist.
David: Die Krankenschwester ist hier, damit ich meine Medizin für die Nacht bekomme, mein Liebling. Können wir in einer halben Stunde weiterschreiben?
Angela: Ja, mein Schatz, bis gleich.

Ich warte vergeblich über eine Stunde, aber David kommt für heute nicht mehr online. Ich nutze die Wartezeit sinnvoll und finde heraus, wie man die Absender-IP einer E-Mail ermittelt. Jede E-Mail hat Kopfinformationen, die man normalerweise nicht sehen kann. Diesen Header kann man aber sichtbar machen und dort befinden sich alle möglichen Zusatzinformationen zur E-Mail und die IP's der Server, über die die E-Mail weitergereicht wurde. Eine IP ist eine Nummer, die jedem Gerät, egal ob Computer oder Handy, beim Anmelden im Internet zugeordnet wird. Es ist sozusagen die Adresse des Gerätes. Eine E-Mail kommt nicht auf direktem Wege vom Versender zum Empfänger sondern läuft oftmals um die halbe Welt. Der Header ist also voll von verschiedenen IP-Nummern, aber die letzte bzw. die unterste im Header angezeigte IP ist diejenige des Computers, von dem die Mail versendet wurde. Wenn man diese IP auf der Website eines IP-Locator einträgt, dann bekommt man den Namen und den Standort des Providers angezeigt, über den der Computer mit dem Internet verbunden ist.

Ich nehme Davids erste Mail – die noch aus Indianapolis stammt, rufe den Header auf und suche mir die letzte IP heraus: 82.128.23.224. Ich trage die Nummer in einem IP-Locator ein. Mir ist schlecht. Ich drücke zögerlich den Go-Knopf und halte mir schnell beide Hände vor die Augen. Ich mag gar nicht hinsehen. Irgendwo in der tiefsten, hintersten Ecke meines Gehirnes gibt es immer noch einen winzigen Hoffnungsfunken, dass alles nur ein Missverständnis ist und ich total falsch liege in meiner Annahme betrogen worden zu sein und dass David unschuldig ist. Es ist der Strohhalm an dem sich der Ertrinkende festhält.

Nun werde ich gleich absolute Gewissheit haben. Gleich werde ich wissen, woher Davids erste Email tatsächlich stammt. Ich halte die Luft an, öffne die Augen einen Spalt und blicke durch einen Zwischenraum zweier Finger. Ich sehe eine grün-weiß-grüne Flagge auf dem Bildschirm. Die IP gehört zu einem Provider aus Lagos in Nigeria. Die Luft entweicht ruckartig aus meiner Lunge. Ich starre einige endlose Minuten auf den Bildschirm und realisiere die Endgültigkeit dieses Ergebnisses. David ist nie in den USA gewesen. Er ist nicht der David Franklin in den White Pages, er ist nicht der David Franklin, der in Indianapolis wohnt. Er ist nie von den USA nach Afrika geflogen. Es ist alles gelogen. David war von Anfang an in Nigeria. Diese Endgültigkeit tut so herbe weh, ist so trostlos und unumkehrbar. Ich will mich nur noch verkriechen und weinen, weinen, weinen.

* * *

Auf der Web-Adresse der geschlossenen Gruppe kann man nicht viel sehen. Diese Leute haben sich komplett abgeschottet. Ich melde mich an und bekomme eine automatische Antwort:

Im Namen der gesamten Gruppe heißen wir Dich herzlich willkommen. Wir, das sind Bob und Lena, die Eigentümer dieser Gruppe. Wir möchten Dir helfen, ein Verständnis für die Art und Weise zu erlangen, wie Romance-Scammer vorgehen und arbeiten. Wir lassen nicht zu, dass Du ein weiteres Mal in diese Falle tappst. Damit Du unserer Gruppe beitreten kannst, benötigen wir ein paar Informationen von Dir: Beschreibe bitte, warum Du zu uns möchtest, außerdem möchten wir Dein Alter wissen und ein Bild von dir erhalten.

Als Antwort auf meine Anmeldung bekomme ich mehrere Kontaktanfragen von verschiedenen Personen aus der Gruppe via Messenger. David war bisher die einzige Person, mit der ich gechattet hatte und er ist der Einzige auf meine Kontaktliste. Nun sind innerhalb von drei Stunden fünf neue Leute dazugekommen. Ich bin umzingelt, aber es fühlt sich gut an, Beachtung zu finden. Das erste Mal nach Wochen kann ich mich ein bisschen entspannen und freuen. Ich werde wahrgenommen. Das tut so gut.

* * *

Bob, einer der beiden Eigentümer des Forums spricht mich über den Messenger an:

Bob: Wie geht es Dir?
Dana: Es könnte besser sein, aber es ist okay.

Ich habe mich mit meinem Pseudonym in der Gruppe angemeldet und ich erscheine auch auf anderen Seiten nur noch als Dana Wahr. Ich sende Bob eine Datei mit meinem Foto, das ist Voraussetzung für die Aufnahme in der Gruppe.

Bob: Bist Du das auf dem Foto?
Dana: Ja, das bin ich.
Bob: Oh, ich hoffe sehr, dass die Scammer Deine Fotos nicht weiterverwenden.
Dana: Weiterverwenden? Wofür.

Bob: Für weitere Scams. Oft werden Bilder von Model-Agenturen heruntergeladen, aber auch Fotos aus ungesicherten Online-Fotoalben benutzt. Manchmal machen sie es sich ganz einfach und verwenden die Fotos der Opfer, wenn diese hübsch genug sind.
Dana: Oh ja. Davon habe ich schon gehört.

Ich erinnere mich an eine Frau, die in dem großen Yahoo-Forum davon berichtet hatte, dass ihr Foto und ihren Namen für weitere Betrügereien benutzt worden war.

Bob: Du hattest geschrieben, dass Du gescammt wurdest. Hast Du noch Kontakt mit Deinem Scammer?
Dana: Ja ich habe noch Kontakt zu ihm.
Bob: Wie häufig ist der Kontakt?
Dana: Eigentlich täglich.
Bob: 24/7? Das ist gar nicht gut. Auch nicht für unsere Gruppe.
Dana: Bitte was? Was meinst Du mit 24/7?
Bob: Er hat 24 Stunden am Tag, 7 Tage die Woche Kontakt mit Dir, entweder online oder per Telefon. Er muss immer wissen, wo Du bist und was Du machst. Du stehst unter seiner totalen Kontrolle.
Dana: Um Himmels Willen nein!

Ich bin schockiert. Sowas gibt es? Allein der Gedanke schnürt mir die Kehle zu und lässt mein Herz galoppieren.

Dana: Nein, nein. Wir chatten nur am Abend. Und auch nicht lange. Maximal eine Stunde. Er behauptet, in

einem Krankenhaus zu liegen und es geht ihm schlecht. Er kann nicht viel chatten.
Bob: Okay, dann ist es in Ordnung.

Ich atme tief durch. Das ist nochmal gut gegangen. Gott, 24/7! Mich würde es verrückt machen, wenn man mich auf diese Weise kontrollieren würde und mir vorschreibt, was ich zu tun habe. Ich kann mir gar nicht vorstellen, dass es so etwas gibt. Warum lassen Menschen zu, dass man ihnen so etwas antut? Ich stütze mein Gesicht in meine Hände und schüttele den Kopf. Das ist doch Wahnsinn. Meine Nerven brauchen jetzt erst einmal einen starken schwarzen Kaffee. Nach einer kurzen Pause geht der Chat mit Bob weiter:

Bob: Es gibt 419 verschiedene Arten von Scam.
Dana: Wie bitte?
Bob: Das ist nur ein Spruch, aber von dem §419-Vorschuß-Betrug gibt es sehr viele verschiedene Arten.
Dana: Was ist §419-Vorschuß-Betrug?
Bob: Der Paragraph 419 des nigerianischen Strafgesetzbuches stellt diese Form des Betrugs unter Strafe. Daher kommt der Name.
Dana: Aha.

Ich bin maßlos überfordert. Wovon ist hier eigentlich die Rede?

Bob: Und Vorschuss-Betrug heißt, dass im Voraus für eine Leistung gezahlt, die Leistung aber nie erbracht wird. Du bezahlst für etwas, was Dir versprochen wird, aber was Du nie bekommst.

Dana: Ja, David hat versprochen, dass ich das Geld, das ich ihm geliehen habe zurückbekomme.

Bob: Genau. Bei Dir ist es Love-Scam. Daneben gibt es zum Beispiel Lotterie-Scam, Job-Scam, Ankauf-Verkauf-Scam und noch viele andere.

Dana: Ah ja?

Bob: Allen gemeinsam ist, dass vorab Geld verlangt wird, also Vorkasse.

Dana: Meine Güte.

Ich bin müde. Bobs Englisch unterscheidet sich komplett von Davids sehr einfachem Stil, der mir sehr entgegen kommt. Bob schreibt irgendwie – kompliziert und benutzt Worte, die ich immer wieder in meinen Übersetzer kopieren muss, damit ich verstehe, worum es geht. Er scheint zu merken, dass ich Schwierigkeiten habe ihm zu folgen und schließt das Gespräch ab.

Bob: Ich freue mich, dass Du uns gefunden hast. Ich werde Lena Bescheid geben, sie ist die Co-Eigentümerin und das Herzstück unserer Gruppe. Sie wird sich auch noch gesondert mit Dir in Verbindung setzten. Ich habe Dich aber schon freigeschaltet, so dass Du in unserem Forum die Beiträge lesen kannst.

Dana: Vielen Dank für alles, Bob.

* * *

Angela: David, wie geht es Dir heute und was macht Dein Bein?

David: Es geht so. Dem Bein geht es nicht anders als sonst. Immer das gleiche. Ich habe bald meine Operation.

Angela: Oh. Einen Moment, David. Ich bin gleich zurück.

Operation? Eine Operation kostet Geld. Was soll ich antworten, wenn gleich die Frage kommt, ob ich helfen kann? Ich habe keinen Plan, ich bin noch nicht so weit. Verdammt, wie soll ich mich verhalten? Mir fällt nichts ein. Stattdessen fühle ich einen starken Nikotinentzug, laufe raus auf den Balkon und stecke mir zitterig eine Zigarette an. Nach nur drei tiefen Zügen auf Lunge habe ich mich entschieden und weiß, was zu tun ist. Ich drücke die Zigarette wieder aus und gehe entschlossen zurück an den PC. Angriff ist die beste Verteidigung. Bevor er nach Geld fragt, mache ich reinen Tisch und sage ihm, dass es nichts gibt.

Angela: Ich bin pleite.

David: Was meinst Du?

Angela: Ich kann im Moment kein Geld senden. Ich mache viele Überstunden und arbeite auch am Wochenende um das Geld wieder hereinzubekommen und der Bank zurückzuzahlen, das ich mir für Dich ausgeliehen habe. Die geben mir nichts mehr. Ich kann Dir nicht mehr helfen.

Das stimmt nicht ganz, ich arbeite nicht am Wochenende und auch keine 12 Stunden am Stück, aber nun will auch ich mal die Leidende spielen. Immerhin leide ich ja wirklich, aber David scheint dies nicht wahr zu nehmen.

David: Oh okay, das tut mir sehr leid. Weißt Du, ich habe alle meine Wertsachen, die ich bei mir hatte, verkauft: Meine Armbanduhr, meine Kette, Bücher, Handy und einen Anzug. Damit bezahle ich die Behandlung und es klappt ganz gut.

Ich atme durch. Kommt doch keine Frage nach Geld? Habe ich mich jetzt umsonst gestresst?

Angela: Ja? Okay.
David: Aber für die Operation wird es nicht mehr reichen.

Mir entweicht ein Seufzen. Ja, das war zu vermuten. Wie mache ich ihm nur klar, dass ich nicht mehr zahlen kann und will? Wie kann ich ihn trotzdem weiterhin bei Laune halten, damit er den Kontakt nicht abbricht? So ungeschoren lasse ich ihn nicht davon kommen. Ich kann nicht begreifen, warum er überhaupt noch Geld verlangt. Er hat doch schon so viel von mir bekommen. Gibt es keinen Punkt an dem es genug ist, an dem das Maß voll ist? Wann ist der Zeitpunkt gekommen, an dem einer von seiner Sorte von seinem Opfer ablässt? Saugen Vampire ihre Opfer auch bis zum letzten Tropfen Blut aus? Nein, das glaube ich nicht. Das hier ist kein Vampir, David ist ein Monster ohne Gewissen und Mitgefühl. Was bin ich in seinen Augen? Möglicherweise bin ich für ihn nur eine dumme Kuh, die man nach Belieben melken kann? Was sind das für Menschen? Wer ist David wirklich? Würde es sein Gewissen quälen, wenn ich ihm sagen würde, dass jede weitere Aktion mich umbringen würde? Hat er am Ende vielleicht doch ein Gewissen? Würde er je aufhören, noch mehr Geld von mir zu verlangen oder ziehen diese Menschen ihre Opfer bis auf das letzte Hemd aus, egal ob es die Existenz bedroht oder das Leben zerstört?

Angela: Es tut mir leid, aber es geht nichts mehr.
David: Dr. Paul sagt, wenn ich nicht operiert werde, dann werde ich mein Leben lang ein Krüppel bleiben und den Rollstuhl nicht mehr verlassen können. Oh Gott! Was soll ich nur tun?

Ja, oh Gott! Warum muss ich mir das nur anhören? Das ist so widerlich. Meine Faust will in sein Gesicht. Ich beiße mir auf die Hand und kann mich nur schwer beherrschen.

Angela: Mein Liebster, wie viel kostet die OP denn?
David: 750 Euro, mein Schatz.
Angela: David, was erwartest Du von mir? Soll ich eine Bank ausrauben?
David: Um Himmels Willen, nein! So etwas würde ich nie von Dir verlangen. Aber wenn Du mich wirklich liebst und wenn es Dir ernst ist mit mir, dann findest Du einen Weg. Du fährst doch ein Auto, oder?
Angela: Ja. Warum?

Mir schwant Böses. Er wird doch wohl nicht fragen ob...

David: Ich würde alles für Dich tun. Auch mein Auto oder meine Wertsachen verkaufen, damit ich Dir helfen könnte. Würdest Du das auch für mich tun? Ich liebe Dich so sehr. Du bist alles für mich. Du bist mein Leben. Was bin ich für Dich, meine Liebste? Werde ich hier als Krüppel sterben müssen? Habe ich das wirklich verdient? Wie groß ist Deine Liebe zu mir? Egal, wie Du Dich entscheidest, ich werde nie aufhören Dich zu lieben. Bis in alle Ewigkeit und auch nach meinem elendigen Tod hier.

Mein Hals ist wie zugeschnürt, ich habe echte körperliche Schmerzen, mein Herz und mein Bauch tun mir weh. Ich muss ihn bei der Stange halten...irgendwie, auch wenn es alles an Überwindung kostet und es unerträglich ist.

Angela: Gib mir ein paar Tage Zeit. Ich werde eine Lösung für das Problem finden.

Hoffentlich finde ich wirklich bald eine Lösung. Lange halte ich das nicht mehr durch. Wir unterhalten uns über Nebensächlichkeiten, über meine Eltern, die bald umziehen werden und David fängt wieder an zu jammern:

David: Das ist so schön, dass Du Deine Eltern noch hast. Ich wünschte mir, meine würden noch leben.

Angela: Es tut mir leid.

David: Ich bin so allein in dieser kalten, dunklen Welt. Es ist alles so grausam und furchtbar. Ich habe Angst und bin in diesem Land gefangen und an den Rollstuhl gefesselt. Oh Angela, ich werde hier sterben. Es ist so ungerecht. Ich habe das nicht verdient.

Mich überkommt ein Schaudern, ich schüttele mich und mein rechter Mundwinkel fängt an zu brennen. Herpes. In meiner Vorstellung ist David innerhalb von Tagen vom Traummann zu etwas Fremdartigem mutiert, das für mich nicht begreifbar ist und für das mir jegliche Worte der Beschreibung fehlen. Ich schüttele das Unbehagen ab und versuche, ihn zu trösten.

Angela: Du bist nicht alleine. Gott ist an Deiner Seite und ich auch.

Lieber Gott, hilf mir, dies durchzustehen.

* * *

Ich schicke Lena, der Co-Eigentümerin der kleinen, geschlossenen, englischsprachigen Gruppe meine Story zu. Daraufhin empfängt sie mich mit einer sehr herzlichen Email:

Dana, sofort als ich den ersten Absatz Deiner Geschichte gelesen habe, war ich total aufgeregt. Weißt Du was? Genau die gleiche Geschichte hat mir mein ursprünglicher Scammer vor 8 Jahren erzählt! Oh Dana, es tut mir verdammt Leid für Dich. Bitte gib mir seine jetzige ID. Ich weiß, die arbeiten mit Scam-Vorlagen, das sind Skripte, die sie immer wieder benutzen. Und vieles gleicht sich. Alle Arten von Unfällen stehen an der Spitze dieser Skripte. Wenn so etwas passiert, kann man sehr schnell darauf schließen, dass es sich um Betrug handelt.

Skripte und Vorlagen? Ja, davon habe ich in den Gruppenbeiträgen gelesen. Die Scammer arbeiten oft nach einer Art Drehbuch. Darin steht, wie sie sich zu verhalten haben, wer sie in ihrer Scam-Geschichte sind, aus welchem Land und Familienverhältnissen sie kommen, was sie beruflich machen und was sonst noch zu einem kompletten Lebenslauf gehört. Es gibt vorgefertigte Briefe, Textbausteine für Liebesgeflüster, Handlungsabläufe und Bilder-Sets, die sie ihren Opfern zusenden. Die Scammer selbst nennen so ein Skript „Format" und es gibt wiederum Menschen, die Rundum-Sorglos-„Formate" an Scammer verkaufen: Komplette Geschichten mit Bildersets und sogar geklauten Kreditkarteninformationen, damit die Scammer sich an kostenpflichtigen Single-Börsen anmelden können. Dahinter steckt ein ganzer Wirtschaftszweig.

* * *

Ich trenne mich von der großen Yahoo-Gruppe. Es ist mir dort zu unpersönlich und es bringt mich nicht weiter. Aber noch kurz bevor ich mich abmelde, werde ich auf eine Frau aufmerksam, die mir einen Link zu einer deutschsprachigen Selbsthilfegruppe sendet, die sie selbst vor wenigen Tagen gegründet hat. Ich sehe mir die Seite an. Super! Eine deutschsprachige Gruppe ist genau das, was ich gesucht habe. Im Internet ist nur wenig deutschsprachiges Material zum Thema Romance Scam zu finden und Selbsthilfegruppen gibt es schon gar nicht. Wie großartig, das ausgerechnet jetzt zu diesem Zeitpunkt, wo mir dieses Desaster passiert, diese Gruppe gegründet wird. Für mich macht es den Eindruck, als würde es sich mal wieder etwas „fügen“ und ich freue mich darüber. Es fühlt sich an, als gäbe es ein Ziel, ein Licht am Ende des Tunnels und ich habe eine Richtung gefunden, in die ich mich bewegen kann. Genial! Ich bin ganz aufgekratzt. In dieser Gruppe möchte ich gerne aktiv mitmachen und Kontakte knüpfen. Es ist so viel einfacher, in Deutsch über das Geschehene zu schreiben und sich mit Menschen zu unterhalten, die meine Sprache sprechen. Ich habe einen großen Bedarf, ich habe den Drang, mich auszutauschen und die Aussicht darauf fühlt sich gut an, sehr gut sogar. Meine Güte, was für eine unglaublichen Gefühlsachterbahn, es geht rasant auf und ab, von „himmelhochjauchzend“ bis zu „Tode betrübt“. Würde ich jemanden aus meinem realen Umfeld davon erzählen, der würde denken, ich habe nicht mehr alle Tassen im Schrank.

Ich melde mich bei der deutschen Gruppe an. Uschi, die Gründerin, ist eine sehr nette Frau aus Karlsruhe, die selbst negative Erfahrungen mit Romance-Scammern gemacht hat. Die Gruppe umfasst erst eine Handvoll Mitglieder, aber das sehe ich als Vorteil, denn so kann ich mich gleich von Anfang an mit einbringen. Ich bin sehr beeindruckt von Uschi. Sie erscheint mir als sehr willensstarke Persönlichkeit und ich bewundere ihren Mut, so eine Selbsthilfe-Gruppe in Eigenregie zu gründen und die Verantwortung dafür zu übernehmen. Ich glaube, in meiner derzeitigen Verfassung könnte ich das nicht. Ich bin zu unsicher und zu verletzt, ich möchte zwar dabei sein und helfen, aber ich selbst brauche Halt und Hilfe und hoffe, dies in dieser Gruppe zu finden.

Als erstes veröffentliche ich meine Geschichte in Kurzform. Die Gruppe ist öffentlich einsehbar, es können also auch Außenstehende mitlesen, aber das macht mir nichts aus. Meinetwegen kann alle Welt meine Geschichte lesen und daraus lernen, solange mein echter Name nicht auftaucht. Ich schäme mich immer noch so sehr. Uschi antwortet umgehend auf meine Veröffentlichung:

Uschi: Dana, Deine und meine Geschichte gleichen sich. Mein Scammer hat auch am Telefon geweint. Glücklicherweise haben meine Kinder mich vor einem finanziellen Schaden bewahrt. In Deiner Geschichte ist es ein kleiner Junge, bei mir war es ein kleines Mädchen. Die Szenarien laufen immer so oder ähnlich ab. Solltest Du noch Kontakt mit dem Scammer haben, dann halte ihn und gehe zur Polizei. Wenn Du Hilfe brauchst, dann sage einfach Bescheid. Ich freue mich sehr, dass Du da bist!

Wie schön, dass ich so herzlich willkommen geheißen werde und dass Uschi mir ihre Hilfe anbietet. Ich finde es erstaunlich, dass sie genauso wie auch Lena mir sagt, wie sehr sich unsere Geschichten gleichen. Ist das Zufall? Es kann doch nicht sein, dass sich bei allen Romance Scammern die Stories so sehr ähneln, oder? Ich antworte Uschi:

Angela: Ich stehe noch mit ihm in Kontakt. Er will mehr Geld, die Geschichte geht weiter. Ich kann ihn noch ein bisschen hinhalten, aber viel Hoffnung habe ich nicht. Der Kripobeamte hatte zu mir gesagt, es sei völlig egal ob ich weiter Kontakt halte oder nicht, helfen kann mir da keiner. Und das obwohl ich alle möglichen Informationen habe: Telefonnummern, IP's und die Adresse der Krankenhaus-Homepage, die ja auch einen Besitzer haben muss.

Kaum habe ich geantwortet, werde ich wieder trübsinnig. Wenn es sich wirklich um „Fügung" handelt, welchen Sinn hat dies alles? Ich stehe auf dem Standpunkt, dass nichts ohne Grund geschieht, aber warum muss man immer erst durch so einen Mist durch, bevor es klar wird, welchen Grund es hat, wenn man es denn überhaupt je herausfindet.

* * *

Die Chats mit David zermürben mich. Ich könnte ihn anschreien, ihm das Gesicht zerkratzen und ihm alle möglichen grässlichen Schimpfwörter an den Kopf werfen. Ich will nicht mehr die liebevolle blöde Kuh spielen, die alles glaubt und ihm aus der Hand frisst. Ich mache dieses Spiel nicht mehr mit, mir platzt der Kragen.

Angela: David, hast Du schon mal von Romance-Scammer gehört?
David: Nein, was ist das?
Angela: Das sind Menschen, die im Internet anderen erfundene Stories erzählen um an ihr Geld zu kommen.
David: Was es nicht alles gibt. Unglaublich, wozu Menschen fähig sind.
Angela: David, bist Du real?
David: Was willst Du mir sagen, Angela?

Angela: Ich frage mich nur, ob das alles sein kann, was Dir passiert ist.

David: Willst Du damit andeuten, dass ich gelogen habe? Willst Du mich als Lügner bezeichnen?

Angela: Du musst zugeben, dass Deine Pechsträhne wirklich sehr hartnäckig ist.

David: Glaubst Du, ich finde das hier lustig? Glaubst Du, mir bringt es Spaß mit Schmerzen im Krankenhaus zu liegen. Heute hat mir Dr. Paul erzählt, dass es sein kann, dass ich ein Krüppel bleibe, wenn ich nicht bald operiert werde.

Angela: Liegst Du denn im Krankenhaus?

David: Wie bitte? Ich verstehe nicht, was Du meinst.

Angela: Könnte es nicht sein, dass Du nicht die Wahrheit erzählst und nicht im Krankenhaus liegst? Ich glaube, Du bist nicht real.

David: Angela, warum sagst Du sowas? Oh mein Gott. Ich habe Dir die ganze Zeit vertraut. Ich liebe Dich und was tust Du? Du behauptest, ich sei nicht real! Was habe ich Dir getan, das Du so hässlich zu mir bist? Das habe ich nicht verdient.

Angela: Ich werde Dich nie wirklich kennenlernen, weil es Dich gar nicht gibt. Du existierst nicht.

David: Ich kann nicht glauben, was ich lese. Angela, warum verletzt Du mich so. Ich habe Schmerzen und jetzt habe ich solche Angst. Du lässt mich alleine. Du willst, dass ich sterbe. Oh Gott, ich werde in diesem verdammten Land sterben.

Angela: Ja, David. Das wirst Du wohl.

David: Was ist aus Dir geworden? Was hat Dich so hart gemacht? Mit wem hast Du über mich gesprochen?

Angela: Ich habe mit niemanden über Dich gesprochen.

David: Doch, Du hast es anderen erzählt und die sagen nun, dass Du mich fallen lassen sollst. Bitte, glaube ihnen nicht.

Angela: Nein, es weiß keiner von uns bzw. nicht von Deiner Misere.

David: Du bist hartherzig. Ich hätte nie gedacht, dass Du fähig wärst, unsere Liebe zu verraten, sie einfach in den Dreck zu werfen und zu treten. So fühle ich mich.

Angela: David…

David: Lass mich allein. Ich will nicht mehr reden. Ich kann nicht mehr.

Einerseits will ich den Kontakt nach wie vor halten und hasse es doch so sehr. Es tut so weh, mit ihm zu chatten, aber es tut noch mehr weh, loszulassen. Ich fühle mich zittrig. Mit unsicheren Schritten gehe ich ins Badezimmer und betrachte mein blasses Gesicht im Spiegel. Ich hatte erwartet, dass es mir besser gehen würde, wenn ich David an den Kopf werfe, was ich wirklich denke und was ich von ihm halte. Nachdenklich schaue ich in die Augen, die mir traurig entgegenblicken. Jetzt bin ich mir nicht mehr sicher, ob es die richtige Vorgehensweise war. Habe ich wirklich erwartet, dass David zugibt, ein Betrüger zu sein? Oh je - zwar habe ich meinem Frust Luft gemacht, aber nun habe ich ihn womöglich ganz verloren - ihn und mein Geld. Ich fühle mich schlechter als vor dem Gespräch mit David. Ich muss ihn wieder zurückholen. Er soll seine gerechte Strafe erhalten und ich will mein Geld zurück. Entschlossen wende ich mich von meinem Spiegelbild ab und kehre ins Wohnzimmer zurück. Es muss einen Weg geben, um an ihn ran zu kommen.

* * *

In dem kleinen englischsprachigen Forum von Lena und Bob bin ich sehr nett aufgenommen worden. Die Mitglieder bemühen sich um mich und versuchen mich aufzumuntern. Ich komme mit einem Moderator der Gruppe ins Gespräch. Der junge Mann heißt Kofi und lebt in Ghana.

Dana: Gerade eben habe ich eine deutschsprachige Gruppe gefunden. Ich habe den Eindruck, als ob das Problem in Deutschland zunimmt. Allerdings ist das nur eine Vermutung von mir. Mir fällt auf, dass man hier bei uns fast überhaupt keine Informationen über Dating-Scams findet. Jedenfalls finde ich nichts, was mir befriedigende Antworten auf meine Fragen gibt. Diese deutsche Gruppe ist erst diese Woche gegründet worden. Entschuldige bitte mein gruseliges Englisch, Kofi.

Kofi: Kein Problem, Dana. Wir alle lernen ständig dazu. Ich verstehe Dich sehr gut.

Dana: Danke. Es sieht aus, als ob ich das perfekte Opfer gewesen bin. Total naiv.

Kofi: Es ist schade, dass es keine Selbsthilfe-Gruppen in Deutschland gibt, in denen man sich über Betrüger und diese Betrugsform austauschen kann. Hast Du Freunde, mit denen Du über das Problem sprechen kannst?

Dana: Nein, ich kann mit niemanden hier darüber reden. Deshalb bin ich dieser deutschen Gruppe beigetreten und möchte ihnen helfen. Für mich ist alles etwas einfacher, wenn ich deutsch sprechen und schreiben kann. Und ich glaube, es gibt nicht so viele Menschen in Deutschland, die Erfahrungen mit Dating-Scammern sammeln konnten bzw. wissen, was da wirklich hinter steckt.

Kofi: Ja, es ist viel Erfahrung notwendig, um Scamming-Opfern zu helfen. Die Menschen müssen informiert werden über diese Art von Online-Betrug. Manche Vorgänge sind sehr komplex und müssen hinterfragt werden, damit die Wahrheit ans Licht kommt.

Dana: Ja, da hast Du sicher recht.

Kofi: Ich zum Beispiel lebe in Ghana. Nigeria ist nicht weit von hier entfernt. Hier in Ghana leben viele Nigerianer. Und sie sind diejenigen, die dieses Scam-und Fraud-Geschäft hier in Afrika dominieren. Jeden Tag sehe ich Scammer. Ich sehe sie in ihren luxuriösen Häusern und Autos. Der Grund den sie angeben, wenn man sie fragt, warum sie scammen, ist, dass die Weißen nach Afrika kamen und unsere Bodenschätze und Nutzhölzer stahlen und uns ausbeuteten. Es ist eine Art Payback, eine Art des Heimzahlens.

Dana: Hm...

Kofi: Aber das ist nicht die ganze Wahrheit. Es gibt sehr viel Armut hier in Afrika. Daher versuchen viele, auf diese Weise zu Wohlstand zu kommen. Aber es hat sich verändert. Es ist eine Art Job geworden. Sobald sie von einer Person kein Geld mehr bekommen, dann gehen sie über zur nächsten Person um diese zu betrügen. Sie beginnen gierig zu werden, bekommen nicht genug. Einige gehen soweit, dass sie sogar Voodoo Priester beauftragen, damit diese die Opfer auf ihre Weise bearbeiten. Sie nutzen dazu die Bilder der Opfer.

Dana: Oh.

Kofi: Es ist sehr dramatisch, wenn Du versuchst, die Stories der Scammer hier zu verfolgen. Am meisten in diese Art von Cyber-Crime involviert ist die Jugend. Das ist ausgesprochen übel. Einige der Jugendlichen brechen die Schule ab.

Dana: Ja, das ist schlimm.

Kofi: Sie brechen die Schule ab und nutzen die Zeit zum Scammen. Und das alles wegen dem Geld, das sie dabei machen können. Viele Eltern wissen gar nicht, was ihre Kinder tun. Aber es gibt auch Eltern, die unterstützen ihre jugendlichen Kinder bei dieser Sache.

Dana: Das ist ja schrecklich.

Kofi: Dana, es gibt sogar Weiße hier, die Leute im Ausland scammen. Einen haben sie letztens gefasst. Das wurde bei uns in der lokalen Zeitung veröffentlicht. Drei Schwarze und ein Weißer.

Dana: Das Schlimmste für mich ist, dass mein Scammer gesagt hat: Vertraue in Gott und vertraue mir. Er weiß, dass das eine schwache Seite von mir ist und mich weich macht. Das hat er ausgenutzt.

Kofi: Ja, sie benutzen den Namen Gottes. Sie tun alles, um das zu bekommen, was sie bekommen wollen.

Dana: Ich wollte doch nur helfen…

Kofi: Das große Problem ist, dass sie Afrikas guten Ruf zerstören. Und durch ihr Verhalten schrecken sie Ausländer ab, die beispielsweise Projekte hier unterstützen wollen.

Dana: ja, Hilfsprogramme und Menschen die investieren wollen.

Kofi: Du musst wissen, Romance Scamming ist nicht die einzige Art von Betrug. Hier gibt es Leute, die sagen, sie handeln mit Gold, andere, die erzählen, sie seien Flüchtlinge und sind es nicht, wieder andere, die Dir erzählen, sie brauchen Deine Hilfe um Gelder in Firmen zu investieren. Alles Betrug.

Dana: Ja, ich weiß...

Kofi: Ich freue mich, dass du das alles weißt.

Dana: Nein, ich weiß da überhaupt nichts von. Ich habe noch so viel zu lernen.

Kofi: Gut. Die Scammer ebnen sich den Weg in vielen Ländern und sind überall auf der Welt zu finden.

Dana: Kofi. Ich danke Dir ganz herzlich für den Einblick, den Du mir gewährt hast.

Wow, das ist eine Menge an Informationen und ich brauche erst einmal ein bisschen Zeit, um diese zu verarbeiten und drüber nachzudenken. Ich bin sehr froh, Kofi gefunden zu haben.

* * *

Auch mit Lena habe ich lange Gespräche.

Lena: Dana, ich bin überzeugt davon, dass wir uns denselben Scammer teilen. Ich habe viele unterschiedliche ID's und Namen von ihm. Wir werden uns ab jetzt um ihn kümmern. Bist Du okay?

Dana: Ja, ich bin okay.

Lena: Hier, sieh mal. Diese Bilder hat er bei mir benutzt. Du findest sie überall im Internet. Er hat sie von der Website einer Model-Agentur gestohlen.

Lena schickt mir Bilder eines mir unbekannten Mannes. Es sind weder die Bilder, die mir David zugesendet hat, noch die Bilder des Michael Smith. Ich bin mir nicht sicher, ob wir tatsächlich über den gleichen Betrüger reden, aber wer weiß, wie viele Bilder-Sets David noch benutzt hat.

Lena: Ich habe ihn damals auffliegen lassen. Ich habe gelernt, wie man sich diese Betrüger zur Brust nimmt. Ich hatte ihn erledigt.

Ich komme nicht dazu, Lena in ihrem Redefluss zu unterbrechen. Sie schreibt zu schnell und lässt mir keine Zeit zum Nachdenken. Wie hat sie ihn erledigt? Was hat sie mit ihm gemacht? Ich bekomme die Fragen nicht so schnell in Englisch formuliert. Lenas Worte überschütten mich wie ein Wasserfall.

Lena: Es ist zwar schon acht Jahre her, aber ich kenne seine Stimme sehr gut. Er rief mich oft an und er benutzte die gleiche Geschichte wie bei Dir.

Dana: Seine Stimme hört sich so toll an.

Lena: Ja, er hört sich fast an, als käme er aus England. Aber er ist es nicht. Er ist ein gebildeter, erwachsener Mann aus Nigeria. Dana, wir haben einige Mitglieder aus Nigeria und Ghana. Diese Mitglieder kenne ich seit Jahren und wir arbeiten als Team zusammen. Du bist also am richtigen Platz angelangt. Ich habe einen

Vorteil gegenüber anderen, die sich mit dem Thema beschäftigen: Ich spreche Yoruba, dank eines unserer wunderbaren Mitglieder.

Yoruba? Ich habe irgendwo gelesen, dass dies eine lokale Sprache in Nigeria ist. Natürlich weiß ich, dass David nicht der Mann auf den zugesendeten Fotos ist, aber wenn ich an ihn denke, dann sehe ich noch immer sein nettes Gesicht. Ich habe mir die Fotos seit Wochen nicht mehr angesehen und versuche, sein Gesicht in meinem Kopf verblassen zu lassen und mir nur noch eine gesichtslose, schemenhafte Gestalt vorzustellen. Über seine tatsächliche Hautfarbe habe ich mir bisher noch keine Gedanken gemacht und die plötzliche Erkenntnis, dass David womöglich gar kein Weißer, sondern ein schwarzer Einheimischer ist, schockiert mich. Wie sieht David tatsächlich aus?

Dana: Du meinst, David ist kein weißer Mann?
Lena: Nein meine Liebe, er ist nicht weiß. Er ist ein Nigerianer, der Dich aus einem Internet-Cafe aus Nigeria kontaktiert hat.
Dana: Ja?

Ich weiß nicht, was ich sagen soll. Ich bin verwirrt. Lena hat sicher recht, aber meine Vorstellungskraft verweigert sich. Vor meinem geistigen Auge wandelt sich urplötzlich ein weißer gesichtsloser Mann in einen schwarzen gesichtslosen Mann. Von Davids nettem Lächeln ist nun nichts mehr vorhanden. Wenn ich versuche, diesem Phantom ein Gesicht zu geben, verwandelt es sich in eine hässliche Fratze. Der Hautfarbenwechsel macht es irgendwie nur noch schlimmer und ich weiß nicht einmal warum. Bisher hatte ich nie Interesse an andersfarbigen Menschen, vielleicht weil ich hier in unserem ländlichen Gebiet hinter dem letzten Knick wohne und kaum mit Menschen aus anderen Ländern in Kontakt komme. Ein Gefühl der Furcht kriecht mir den Hals hinauf und ich schlucke schwer. Es ist die Furcht vor Davids Andersartigkeit. Lena ist mit ihren Gedanken bereits davon galoppiert. Ich muss sie wieder einholen.

Lena: Ikeja, der Ort, wohin Du das Geld gesendet hast, ist das Herz von Lagos, mitten drin. Dort sind die meisten Scamming-Cafes.

Dana: Ich habe schon eine ganze Menge an ihn gezahlt, aber er will noch mehr Geld von mir haben. Wie kann ich am besten vorgehen?

Ich mache mir nach wie vor Gedanken darüber, wie ich dieses Geld-Problem lösen kann. Mir ist immer noch nichts Vernünftiges eingefallen. Ich bin mir sicher, dass Lena mir hilft und unterstützt, aber sie will, dass ich mich ganz aus der Sache rausziehe und den Kontakt zu David abbreche.

Lena: Du musst ihn blockieren und löschen. Er tut Dir nicht gut und es hat immer negative Folgen, sich noch weiter auf seinen Scammer einzulassen.

Dana: Negative Folgen?

Lena: Ja, er beeinflusst Dich. Hör zu, das sind Verbrecher, die wissen wie sie mit ihren Opfern umzugehen haben.

Dana: Ich möchte ihn nicht blockieren…

Lena: Es tut mir so leid für Dich. Aber ich werde ihn in die Finger bekommen. Versprich mir bitte, dass Du ihn blockst und löschst. Ich werde mich ab jetzt um diesen Blödmann kümmern.

Dana: Ja ok, Lena. Aber er weiß alles über mich. Es gibt viele Möglichkeiten, mich zu kontaktieren.

Ich finde nicht die richtigen Worte, um zu erklären, warum ich den Kontakt mit David weiterhin aufrechterhalten will. Ich finde es verwirrend, dass Lena sagt, dass sie ihn gut kennt, andererseits hat sie schon lange keinen Kontakt mehr mit ihm und ich kann mir nicht sicher sein, dass er wirklich mit ihr reden wird. Ich werde ihren Rat nicht befolgen, ich bin noch nicht fertig mit ihm. Lena muss es ja nicht erfahren.

Lena: Dana, Du kannst gute Menschen online finden. Nicht alle Afrikaner sind Betrüger. Deshalb haben wir auch die besten von ihnen hier in unserer Gruppe.

Dana: Ja, ich weiß, Lena. Ich hatte heute ein Gespräch mit Kofi.

Lena: Das ist gut. Arbeite viel mit Kofi zusammen. Ich kenne ihn seit zehn Jahren. Und hier sind noch andere Freunde. Habe keine Angst, ihnen Fragen zu stellen. Bis Du in Ordnung, Dana? Sag mir, ob Du okay bist?

Dana: Ja, mir geht es gut. Ich bin in Ordnung.

Das stimmt nicht. Ich bin nicht in Ordnung. Mein Kopf schwirrt. Kofi hatte ich sehr gut folgen können bei meinem Gespräch mit ihm. Er hatte sich sehr sachlich ausgedrückt und geduldig auf meine Antwort gewartet. Lena dagegen scheint sehr emotional und sprunghaft ihn ihren Gedanken zu sein.

Lena: Wir können nicht zu den Scammern hingehen und sie hinter Gittern bringen. Aber sie online zu fassen zu bekommen und ihnen an den Kopf zu knallen, dass sie Betrüger sind, das ist unbezahlbar amüsant und fast genauso gut.
Dana: Ich verstehe.

Das macht doch alles keinen Sinn. Es war gar nicht amüsant, David zu erzählen, dass er nicht echt sei. Im Gegenteil, es war frustrierend. Was nun? Wie geht es weiter? Es wäre schon cool, wenn Lena ihn zusammenfalten könnte und ihm einen Denkzettel verpasst. Aber würde es ihn abhalten, weiter auf Beutezug zu gehen und andere Frauen zu betrügen? Sicherlich nicht. Mir wäre es am liebsten, wenn ich herausfinde, wer David wirklich ist, um ihn dann hinter Gittern zu bringen. Das ist mein Ziel und nichts weniger, aber davon kann ich Lena nichts erzählen ohne sie gegen mich aufzubringen.

* * *

Ich habe mich dazu entschieden, David wieder zurückzuholen. Irgendwie muss es mir gelingen, am Ball zu bleiben.

Angela: Wie geht es Dir?
David: Es geht so. Und Dir?
Angela: Ich weiß nicht.

David: Okay. Ich hoffe, Du bist nicht hier um mich wieder zu verletzen.
Angela: Nein, es tut mir leid. Ich weiß nicht, was ich sagen soll. Es tut mir alles so leid und ich möchte Dir helfen.

Es fällt mir schwer, mich bei ihm einzuschmeicheln und es fühlt sich alles so falsch an. Mein Magen krampft sich zusammen.

David: Warum willst Du mir helfen, Angela? Ich möchte nicht, dass Du mich wieder einen Betrüger nennst. Ich will kein Dummkopf sein in Deinen Augen.
Angela: Ja, ich weiß. Ich bin total durcheinander. Ich kann Dich nicht vergessen. Ich finde keine Worte. Es tut mir alles so leid.
David: Du hast mich sehr verletzt und Du hast mich mit üblen Namen beschimpft.
Angela: Ich weiß…
David: Da bin ich aber froh, dass Du das weißt.

Verdammt, jetzt fühle ich mich auch noch schuldig. Wie bekommt der Idiot das bloß hin?

Angela: Es tut mir wirklich leid.
David: Ich habe es verstanden.
Angela: Okay. Aber ich brauche Zeit, um das Geld für Dich zu bekommen. Ich liebe Dich und ich werde Dir helfen.
David: Du liebst mich immer noch?
Angela: Ja, mein Kopf sagt, verlasse ihn, aber mein Herz sagt, glaube ihm.

David: Ich habe Angst, dass Du mich wieder verletzen und beschimpfen wirst, Angela.
Angela: Sorry, sorry, sorry.
David: Ok Angela. Es sei Dir vergeben.

Mir kommt die Galle hoch. Woher nimmt der diese Überheblichkeit? Wie kann ein Mensch so abartig arrogant sein.

Angela: Danke.
David: Bitte sehr. Wie geht es Martin?
Angela: Es geht ihm gut. Im Moment unterhält er sich mit seinen Freunden auf Skype. Wie viel Geld brauchst Du, sagtest Du?
David: Ich brauche 750 Euro.
Angela: Das ist eine Menge. Ich kann Dir 300 am Ende des Monats geben.
David: Ich weiß, es ist viel Geld. Vielen Dank, mein Engel. Ich weiß, wie ich das fehlende Geld bekommen kann.
Angela: Echt? Wie denn?
David: Mach Dir keine Sorgen.
Angela: Ich habe den ganzen Tag gearbeitet. Ich bin müde.
David: Du hast heute gearbeitet?
Angela: Ja, heute und auch morgen. Kann ich bitte ins Bett?
David: Okay, Angela. Und wann kommst Du wieder zurück?
Angela: Morgen Abend.
David: Okay mein Schatz. Lass uns ins Bett gehen. Ich wünsche Dir eine gute Nacht und süße Träume.

Es winkt die Aussicht auf Geld und schon bin ich wieder sein Schatz. Es hat viel Überwindung gekostet, aber ich habe ihn zurück und ich konnte sogar etwas Zeit herausschlagen. Es sind noch zwei Wochen bis zum Monatsende. Vorher wird er nicht wieder nach Geld fragen.

* * *

Lena erzählt mir von einer guten Freundin aus Australien. Ihr Name ist Anna und sie kommt ursprünglich aus Deutschland. Sie hätte mit unzählig vielen Scammern Kontakt gehabt und sie würde sie alle kennen. Lena versichert mir, Anna könne uns detaillierte Auskunft über meinen David geben und stellt mich ihr vor:

Lena: So nun haben wir die vereinten Nationen hier. Dana, glaube mir, Anna ist so erstaunlich.

Anna: Lass das, Lena!

Lena: Ich lass das nicht. Es ist die Wahrheit. Du musst damit leben. Anna ist einer der besten Scambacks. Sie ist unbezahlbar.

Anna: Nein, nein, nein.

Lena: Oh Anna, komm schon, Du weißt, Du bist gut.

Anna: Ich habe seit Ewigkeiten nicht mehr zurück gescammt.

Lena: Anna, Dana ist von dem Scammer betrogen worden, der mich ursprünglich versuchte zu scammen. Kannst Du ihr ein paar Ratschläge geben?

Anna: Nein, ich habe keine Ratschläge, außer, benutze Deinen Kopf und lösche ihn.

Lena: Das hat sie bereits getan.

Anna: Ja, und was ist das Problem? Du bist genauso befähigt, Ratschläge zu geben.

Lena: Kein Problem. Ich wollte nur, dass Dana noch andere Mitglieder kennenlernt.

Lena: Anna, was hältst Du von Danas Scammer?

Anna: Er ist harmlos.

Lena: Nein, er ist ein Idiot. Ich kann nicht abwarten, frisches Metthack aus ihm zu machen. Ich habe ihn schon mal fertig gemacht, ich werde ihn bei lebendigem Leib essen.

Anna: Lena, ich bin müde und gelangweilt von diesen Dingen. Ich will nichts mehr damit zu tun haben.

Lena: Siehst Du, Dana, Du bist am richtigen Platz. Ich werde ihn wieder dazu bringen, sich zu outen. Ich verstehe Dich, Anna. Ich will Dana zeigen, wie es gemacht wird und dann bye bye Scammer boy.

Anna: Ja, zeig es ihr und dann sollte sie bye bye zu all diesem Mist sagen. Und ich muss jetzt gehen.

Dana: Es ist nett, dich kennengelernt zu haben. Es wäre schön, wenn wir den Kontakt aufrecht erhalten könnten.

Anna. Ja, das wäre nett.

Diese Anna gefällt mir. Auch wenn sie recht abweisend wirkt, scheint sie zu wissen, wovon sie spricht und es ist mir ernst damit, dass ich gerne mit ihr in Kontakt bleiben will. Ich fühle mich zu ihr hingezogen, was sicherlich damit zu tun hat, dass sie recht gut deutsch spricht, aber auch, weil ich ganz sicher viel von ihr lernen und erfahren kann.

* * *

Der nächste Morgen bringt eine Überraschung. Ich fische einen Brief aus den USA aus meinem Postkasten. Was ist das? Eilig reiße ich das Kuvert auf. Ein Schreiben von einem Staatsanwalt aus Indianapolis. Ich überfliege es kurz und es wird klar, dass dies die Reaktion darauf ist, dass ich das Online-Formular beim "Internet Crime Complaint Center (IC3)" ausgefüllt habe. Das Anschreiben bestätigt den Erhalt der Anzeige. Es teilt mir mit, dass die Angaben leider unzureichend sind und als Anhang wird mir ein weiteres Formular zugesendet, das ich ausfüllen soll. Mir entfährt ein Seufzer. Was soll ich noch alles ausfüllen? Ich habe mit allem möglichen gerechnet, aber nicht mit noch mehr Formularen. Auf dem Formular, dass sich „Consumer Complaint Form“ nennt, gibt es fest vordefinierte Felder. Ich soll nicht nur Angaben zu meiner Person machen, sondern auch zu der Person, die ich belasten will, und zwar mit vollständigem Namen und Adresse, Telefonnummer und E-Mail-Adresse. Was nun? Ich bin unsicher, wie ich vorgehen soll. Kurzerhand frage ich in dem neugegründeten deutschsprachigen Forum bei Uschi nach. Sie antwortet ausgesprochen forsch.

Uschi: Was denkst Du wohl was dabei herauskommen wird? Der ist mit seinen falschen Fotos auch in anderen Staaten der USA unterwegs. Du kannst Dir doch sicher denken, dass dieses Foto nicht das wahre Gesicht Deines Scammers abbildet. Wie sollen die in USA mit diesem Foto ermitteln? Der von ihm angegebene Wohnsitz stimmt doch auch nicht.

Uschi hat wahrscheinlich recht, aber kann man das nicht ein bisschen netter formulieren? Ich merke, dass ich mich angegriffen fühle. Warum nur bin ich zurzeit nur so verdammt dünnhäutig? Uschis Antwort hilft mir gar nicht weiter und macht mich vielmehr wütend. Ich will und kann nicht untätig rumsitzen. Eigentlich müsste ich mir einen halben Tag Zeit lassen um ihr zu antworten, damit meine Wut ins Nichts verraucht. Aber nein, ich kann nicht warten. Ich will einfach beleidigt und stur sein.

Angela: Ich verspreche mir gar nichts davon. Ebenso wenig wie ich mir was von der Anzeige bei der hiesigen Polizei verspreche. Aber gar nichts zu tun und das Ganze in den Müll zu werfen kann ja auch nicht richtig sein.

Meine Frage an die englischsprachige Gruppe, wie es sein kann, dass David eine amerikanische Adresse und Telefonnummern haben kann, wird ernsthaft diskutiert. Bei dieser Diskussion kommt die Frage auf, ob der Brief vom Staatsanwalt echt ist. Ich höre von einer weiteren Betrugsart, dem Recovery-Scam. Das ist wieder ein Begriff, den ich überhaupt nicht kenne. Die Gruppenmitglieder klären mich auf: Beim Recovery-Scam werden gezielt Menschen angesprochen, die bereits betrogen wurden und Geld verloren haben. Ihnen wird vorgegaukelt, dass der Absender der E-Mail oder des Briefes seriös ist und von einer offiziellen Stelle, z. B. vom FBI, vom EFCC in Nigeria oder von einer anderen mehr oder weniger bekannten Organisation kommt. Es wird versprochen, das verlorene Geld zurückzuholen und die Betrüger hinter

Gittern zu bringen. Das Problem ist, dass man im Vorwege anfallende Kosten und Auslagen bezahlen muss, bevor man vermeintlich sein verlorenes Geld wiedersieht, was natürlich niemals passiert. Es ist nichts als eine weitere Abzocke, die auf das Leid der Betroffenen baut.

Ich untersuche das Kuvert und den Inhalt des Briefes ausgiebig. Der Poststempel sieht echt aus und es gibt nichts, was nach Betrug aussieht. Meine ursprüngliche Frage, woher David die amerikanische Adresse und Telefonnummer hat, wird letztlich von Kofi beantworten.

Kofi: Bezüglich der Adresse in den USA denke ich, dass er diese irgendwo gefunden und Dana gegeben hat. Bedenkt, dass einige Betrüger „Geschäftsbeziehungen“ und sogar „verbundene Unternehmen“ in Großbritannien, USA und anderen beliebte ausländische Staaten haben. Sie haben sogar Möglichkeiten gefunden, sich britische Telefonnummern zuzulegen, obwohl sie hier in Afrika sind. So geben sie Dir eine britische Telefonnummer und Du denkst, dass der Inhaber der Rufnummer in Großbritannien sitzt bzw. von dort anruft, aber das ist ein Schwindel. Es gibt verschiedene Anbieter im Internet, die Dir über „Voice over IP“ ermöglichen, von jeder Ecke der Welt mit einer britischen oder amerikanischen Telefonnummer zu agieren.

Ich denke auf den von mir gewonnenen Erkenntnissen herum. Den Namen des wirklichen Betrügers kenne ich nicht und ich habe keinen Anhaltspunkt, um seiner Identität auf die Schliche zu kommen. Es gibt einen echten David Franklin unter der angegebenen Adresse in Indianapolis. Soviel weiß ich, denn anders kann ich mir den Eintrag in dem amerikanischen Telefonbuch, den „White Pages" nicht erklären. Ich überlege, ob ich dem echten David Franklin, der unter der Adresse in Indianapolis wohnt, eine Nachricht zukommen lassen sollte. Aber soll ich diesen Mann damit wirklich belästigen? Ich habe keine Ahnung, was er für ein Mensch ist, wie ich es angehen soll und was genau ich ihm schreiben oder sagen kann, ohne dass der arme Mann sich angegriffen fühlt. Nach einiger Überlegung entscheide ich mich dagegen. Und was mache ich nun mit dem Formular vom Staatsanwalt? Wen soll ich als Betrüger eintragen? Selbst wenn ich den echten Namen des Scammers aus Nigeria hätte, was könnte ein Staatsanwalt aus Indiana tun? Gar nichts kann er tun. Uschi hat also recht. Frustriert entscheide ich mich, nicht auf den Brief der Staatsanwaltschaft zu reagieren. An dieser Stelle bin ich an einer Sackgasse angekommen.

* * *

Die deutsche Gruppe wächst und gedeiht. Fast täglich melden sich Menschen, die gescammt worden sind oder Interesse an unserer Arbeit zeigen. Es tut so gut, sich in einer Gemeinschaft Gleichgesinnter zu befinden und über das Geschehene zu reden. Ich versuche, mich so gut wie möglich nützlich zu mache, neue Mitglieder zu begrüßen, zuzuhören und ich bin bemüht, vernünftige Kommentare abzugeben. Allerdings bin ich nach wie vor sehr verunsichert und mehr mit mir selbst und meinen eigenen Erlebnissen beschäftigt. Uschi, die Gründerin der

Gruppe, ist großartig. Sie hat die Fäden in der Hand und macht den Eindruck, dass sie weiß, wo es lang geht und was sie will. Sie kontaktiert die Medien und streckt ihre Fühler in alle Richtungen aus. Ich bin noch so gefangen und begeistert von dem Chat mit Kofi, so dass ich Uschi davon erzähle. Ich glaube, es ist wirklich eine Bereicherung, Menschen kennenzulernen, die aus einer komplett anderen Sichtweise heraus die Hintergründe dessen, was uns widerfährt, näherbringen können. Uschi kann meine Begeisterung leider überhaupt nicht teilen.

Uschi: Dana, es mag richtig sein, dass auch in Ghana anständige Menschen leben und ich will nicht sagen, dass er unehrlich ist, aber ich bin auf den Fall einer älteren Dame gestoßen. Sie hatte Kontakt mit einem Regierungsbeamten aus Ghana aufgenommen, weil sie betrogen worden war. Der junge Mann redete ihr ein, es gut mit ihr zu meinen und ihr zu helfen, den Betrüger zu finden. Am Ende stellte sich aber heraus, dass dieser freundliche Helfer die gleiche IP wie ihr Scammer hatte. Es war also höchstwahrscheinlich ein und dieselbe Person. Ich traue aus diesen Ländern keinem Menschen mehr, den ich nicht persönlich kennengelernt habe.

Ich bin enttäuscht. Eigentlich wollte ich Uschi fragen, ob sie nicht auch Lust hätte, sich der amerikanischen Gruppe anzuschließen, da dort ein großes Wissen und ein enormer Erfahrungsschatz im Umgang mit Romance-Scammern vorhanden ist. Jetzt, nach ihrer negativen Reaktion auf Kofi bin ich mir unsicher, ob das eine gute Idee ist. Aus ihren Beiträgen in der Gruppe heraus kenne ich ihre negative Einstellung zu amerikanischen Gruppierungen. Klar, es ist nicht nur eine fremde Sprache, es sind dort auch ganz andere Voraussetzungen und gesetzliche Bestimmungen, die hierzulande nicht gelten. Aber sollte man sich nicht trotzdem zu allen Seiten hin offen bleiben? Ich wage es nicht, sie zu fragen und ich nehme an, sie wird sich voll auf unsere eigene deutschsprachige Seite konzentrieren wollen. Das ist durchaus verständlich und nachvollziehbar, auch wenn ich ziemlich enttäuscht bin.

* * *

Mit David habe ich mittlerweile wieder täglichen Kontakt. Da seine Heimatstadt angeblich Indianapolis ist, möchte ich mehr über diese Stadt erfahren. Schließlich müsste er sie wie seine eigene Westentasche kennen.

Angela: Erzähle mir ein bisschen über Dein Zuhause ...über Indianapolis.

David: Was willst Du darüber wissen, mein Schatz? Frag mich einfach, was Du wissen möchtest.

Angela: Wie ist es dort. Erzähl mir von Indiana und Indianapolis bitte. Was leben dort für Leute und wovon leben sie. Gibt es dort Industrie oder Landwirtschaft, was überwiegt? Ist Indianapolis eine große Stadt? Wo wohnst Du? Direkt in der Stadt oder in der Nähe? Die Telefonnummer, die Du mir gegeben hast, kommt nicht direkt aus Indianapolis.

David: Indianapolis ist eine großartig Stadt und ein schöner Platz zum Leben. Das ist meine Telefonnummer die ich Dir gegeben habe und ich lebe in der Stadt.

Angela: Das ist die Telefonnummer von Pennsville, außerhalb von Indianapolis.
David: Ausgeschlossen, Angela!
Angela: Was?

Ich bin verdutzt. Warum streitet David die Tatsache ab, dass die Festnetznummer nicht direkt aus Indianapolis stammt? Ich hatte dies schon vor langer Zeit herausgefunden und hatte mir damals die Erklärung zurecht gebastelt, dass die Telefonnummer zu seinem Häuschen gehört, dass er außerhalb von Indianapolis hat. Das kleine Landhaus hatte er irgendwann mal in einem Gespräch erwähnt. Oh, hätte ich damals nur gleich nachgefragt!

David: Du sagtest, die Nummer, die ich Dir gegeben habe, sei Pennsville und ich sage, das ist ausgeschlossen.
Angela: Okay, ich habe es im Internet recherchiert. Indianapolis hat eine andere Vorwahl.
David: Ja.

Ein Moment herrscht Stille. Wie komme ich aus der Sache raus, ohne ihn wieder zu verärgern?

Angela: Ich vermisse Dich, mein Liebling.
David: Ich vermisse Dich auch, Angela. Betest Du immer noch?
Angela: Ja, ich bete für Dich und Deine Seele.
David: Bist Du Dir wirklich sicher, dass Du noch regelmäßig betest?
Angela: Warum fragst Du mich das?
David: Nur so, mein Engel. Ich wollte es nur wissen.
Angela: hmmm.

Ich hasse ihn. In diesem Moment wünsche ich mir einen Pakt mit dem Teufel, der ihn für seine Scheinheiligkeit in die Hölle schickt!

Angela: Erzähle mir mehr über Indianapolis.

Wieder herrscht Stille. Nach einigen Minuten Warten werde ich ungeduldig.

Angela: Okay, dann erzähle mir über Lagos. Erzähle mir von den Menschen, die dort leben, bitte.

David: Indianapolis ist das Zentrum für Industrie, Handel und Transportwesen im Mittleren Westen der USA. Aufgrund der Nähe zu den großen landwirtschaftlichen genutzten Regionen und zu den industriellen Großstädten des oberen Mittleren Westens und des Osten, unterstützt dies die breit gefächerte ökonomische Basis von Indianapolis...

David kommt in Fahrt. Er schreibt nicht nur von der ökonomischen Bedeutung Indianapolis, sondern auch über die verschiedenen Wirtschaftszweige, die dort angesiedelt sind, über Straßenbau und Infrastruktur, sowie über die Demografie der Bevölkerung. Höchstwahrscheinlich wäre ich ziemlich beeindruckt, wenn ich nicht inzwischen wüsste, was wirklich dahinter steckt. Ich kopiere einen Teil seines Textes und füge diesen in das Suchfenster einer Suchmaschine ein. Es erscheint sofort die Webseite, von der der Text stammt. David hat den genauen Wortlaut übernommen und den Text einfach abgeschrieben oder kopiert. Ich sende ihm den Link zu dieser Website. David reagiert nicht und schreibt unbeeindruckt weiter. Aber irgendwann ist auch dieser Text zu Ende. Nur das Resümee, das einen einzigen Satz umfasst, stammt tatsächlich von David:

David: Es ist wirklich eine expandierende Stadt.

Ich will David nicht wieder gegen mich aufbringen, aber das kann ich einfach nicht so stehen lassen. Ich merke, wie bei mir innerlich die Wut hochkocht.

Angela: David, ich möchte Dich nicht verlieren.
David: Warum sagst Du so etwas? Wer erzählt Dir, dass Du mich verlieren wirst?
Angela: Du hast einfach den Text über Indianapolis von einer Website kopiert. Und ich sage, ich möchte Dich nicht verlieren, das ist alles.
David: Ich habe nur im Internet gesurft und habe etwas über meine Heimatstadt gefunden.
Angela: Ja, mein Schatz.
David: Ist es falsch oder schlecht, eine Website zu besuchen, die von meiner Heimat handelt, oder was?
David: Ist das ein Verbrechen?
Angela: Das habe ich nicht gesagt.
David: Ich mag nicht, wie Du an mir zweifelst. Warum das alles?
Angela: David…
David: Ich bin Deine Anschuldigungen leid. Ich habe die Nase voll. Du machst mich sauer. Ich muss jetzt ins Bett gehen.

Angela: Du machst mich auch sauer. Ich bin wütend und das ist nicht gut. Aber ich möchte Dich wirklich nicht verlieren, mein Lieber.

In dieser Nacht kann ich nicht schlafen. Ich wälze mich stundenlang im Bett herum und frage mich, wie es nur weitergeht.

* * *

Am nächsten Morgen bekomme ich eine E-Mail von Uschi. Ich möge doch bitte einmal in das Forum gehen und schauen, ob mir etwas auffiele. Auf der Arbeit, während der Frühstückspause finde ich endlich Zeit, kurz online zu gehen und ich sehe nach. Ja, es hat sich etwas geändert. Mein Status in der Gruppe hat sich geändert. Uschi hat mich zur Moderatorin erhoben. Ich bin mir nicht sicher, ob ich mich freuen soll. Der Gedanke, Verantwortung zu übernehmen, während ich zur Zeit kaum mit meinen eigenen Gefühlen klar komme, belastet mich, aber zugleich ich fühle mich sehr geschmeichelt. Daher bedanke ich mich artig bei ihr für das in mich gesetzte Vertrauen. Ich habe unglaublich viel um die Ohren, Stress ist für mich zurzeit ein Normalzustand. Neben meinem Vollzeitjob habe ich noch mein Kind, meinen Haushalt, daneben stundenlange Chats mit David, Recherchen im Internet, die amerikanische Gruppe, die deutsche Gruppe und nun noch die Verantwortung als Moderatorin. Andererseits schlafe ich nachts kaum noch, weil meine Gedanken nicht zur Ruhe kommen. Vielleicht ist es keine schlechte Idee, sich noch mehr einzubringen und vielleicht lenkt die Arbeit in der

Gruppe mich ein bisschen von meinen eigenen Sorgen ab.

David hat inzwischen wieder mehrfach angerufen. Ich muss mir irgendwo Luft machen und davon erzählen, sonst zerfrisst mich die Situation innerlich. Am Abend finde ich bei Uschi ein offenes Ohr und sie hat eine ganze Menge Tipps für mich.

Uschi: Der wird immer wieder anrufen. Versuche, seine Stimme am Telefon aufzunehmen und dann solltest Du Deinen Schaden geltend machen. Die deutschen Opfer sollten eine Klage beim EFCC einreichen. Ob die Polizei das nun will oder nicht. Dazu brauchst Du das Aktenzeichen der Betrugsanzeige und eine Kopie davon.

Das hört sich großartig an. Wir sollten wirklich eine Sammelklage bei der nigerianischen Korruptionsbehörde EFCC einreichen, dem kann ich nur zustimmen. Uschi ist Klasse und hat grandiose Ideen. Nur – wie will sie es umsetzen? Oder meint sie, dass ich das umsetzen soll? Ich habe keine Idee, wie ich es angehen könnte, zumal meine Englischkenntnisse nach wie vor schlecht sind, aber ich traue es ihr zu, dass sie die Sache mit ihrem Mut und ihrer Durchsetzungsvermögen durchzieht.

Uschi: Des Weiteren müssen wir versuchen, dass ihr den Schaden als Verlustvortrag mit in die Einkommensteuererklärung nehmen könnt. Zwar werdet ihr nicht den gesamten Betrag zurückbekommen, aber immerhin ein bisschen, in etwa zweidrittel. Doch dafür müssen wir kämpfen - das geht nicht von alleine.

Ich sehe mich vor meinem inneren Auge vor meiner Einkommenssteuer-Erklärung sitzen in dem Versuch, den Sachverhalt des Betrugs plausibel zu erklären und in das Steuerformular einzutragen. Ich zerbreche mir den Kopf darüber, ob es tatsächlich möglich wäre, Aufwendungen bzw. Verluste aus außergewöhnlicher Dusseligkeit beim Finanzamt geltend zu machen und von der Steuer absetzen zu können? Wie sollen wir darum kämpfen, dass dies möglich wird? Auch hierzu fällt mir nichts Sinnvolles ein. Ich bin kein Steuerberater und habe keine Ahnung, wie man das Ganze auch nur ansatzweise angehen könnte. Also bin ich auch in dieser Richtung keine große Hilfe und muss mich ganz auf Uschi verlassen.

Uschi: Du solltest Deinen Scammer nicht löschen und pass auf, in den nächsten Wochen werden noch andere von der Sorte auf Dich zukommen. Ansonsten mach ihm die Hölle heiß. Spiel das Spiel mit ihm so lange weiter, wie Du selbst kann.

Ja, auch hier kann ich Uschi nur voll und ganz zustimmen. Ich werde David ganz sicher nicht löschen und auch nicht den Kontakt zu ihm abbrechen. Ich bin froh, dass Uschi mich darin bestätigt, da Lena mich durch ihre Aufforderung, David aufzugeben, sehr verunsichert hat. Danke, Uschi. Schmunzelnd fahre ich meinen Rechner herunter und kann mich nach langer Zeit mal wieder auf wichtige Dinge konzentrieren, wie zum Beispiel meine

Wohnung gründlich zu putzen, in der Gewissheit, bei Uschi in guten Händen zu sein.

* * *

Ich habe wieder Post bekommen. Diesmal kommt der Brief von der Staatsanwaltschaft beim Landgericht:

> *Ihre Anzeige gegen Unbekannt*
> *Vorwurf: Betrug*
>
> *Das Verfahren ist eingestellt worden, weil ein Täter nicht ermittelt werden konnte. Weitere Nachforschungen versprechen zurzeit keinen Erfolg. Sollten sich jedoch nachträglich Anhaltspunkte für die Klärung der Straftat ergeben, werden die Ermittlungen wieder aufgenommen.*

Ich muss mich setzten und es ein zweites Mal lesen - und noch ein drittes Mal. Ich lasse das Schreiben auf meine Knie sinken und starre minutenlang Löcher in die Luft. Geistesabwesend lege ich den Brief zu meinen anderen Akten. Das sind wirklich trübe Aussichten. Der Polizeibeamte hatte erwähnt, dass es so kommen würde. Trotzdem, die Endgültigkeit, die mir dieses Schreiben vermittelt, zieht mich runter.

Ich habe gesehen, wie Lena und die anderen aus Lenas Gruppe mit den Scammern umgehen. Sie nennen es Scamback, zurückscammen. Dabei werden die Betrüger auf die Schippe genommen und es wird gezeigt, anhand welcher Kriterien man erkennt, dass man sich mit einem

Betrüger unterhält. Das hat mich auf Ideen gebracht, insbesondere, weil Lena David nicht zu fassen bekommt. Er nimmt keinen Kontakt zu ihr auf, obwohl sie ihn angeschrieben hat. Ich sende meine Gedanken an Uschi.

Dana: David wird langsam ungeduldig. Er wartet darauf, nochmals Geld von mir zu bekommen. Ich habe große Lust, ihn zu ärgern und auf den Arm zu nehmen. Immerhin denke ich, dass ich für über 3.200 Euro Verlust ein bisschen Kopf-Kino verdient habe. Ich werd nicht einfach so sang- und klanglos für ihn verschwinden und möchte mir ein paar nette Sachen einfallen lassen, die ihn bestimmt auf die Palme bringen. Nur dumm, dass er so viele Informationen von mir hat. Er hat nicht nur Email-Adressen, Handy- und Festnetznummer sowie meine vollständige Adresse. Er weiß noch viel mehr von mir. Falls er intelligent und wütend genug ist, dann weiß ich nicht, wozu er in der Lage ist. Aber das ist mir im Moment egal.

Uschi hat wie immer eine Lösung und weiß wie es weiter gehen soll.

Uschi: Dana, es Deine Entscheidung. Es kann gefährlich sein. Wir haben hier ein neues Mitglied. Setz Dich mit diesem Herrn mal in Verbindung und frage, wie Du vorgehen kannst. Er ist versiert auf diesem Sektor und kann Dir bestimmt weiterhelfen.

Grübelnd wende ich mich dem neuen Mitglied mit dem Namen Sven-Udo zu. Ich bin mir nicht sicher, wie er mir helfen kann, aber ein Versuch ist es wert. Was sollte ich sonst tun?

* * *

Uschis Bemühungen, sich in der Öffentlichkeit zu präsentieren, nehmen Formen an. Tatsächlich interessiert sich die Presse für das Thema und es kommt eine Anfrage der Sat1-Redaktion herein: „Ich bin der Redakteur von "Akte 08", der gestern den Beitrag zu Romance Scamming/Nigera- Connection gemacht hat. Ich möchte dieses Thema gerne weiter verfolgen, dafür brauche ich aber mehr Infos. Wir bekamen einen Hinweis, der uns auf dieses Internetforum hingewiesen hat. Hier würden uns einige Mitglieder zur Verfügung stehen. Wenn dem so ist, setzen sie sich bitte mit mir in Verbindung. Wie viele Opfer gibt es noch, gehen die auch vor die Kamera um ihre Geschichte zu erzählen?“

Uschi versucht, uns Mitglieder zu mobilisieren. Sie hat mit dem Herrn von SAT1 telefoniert.

Uschi: Er ist weiterhin sehr an dem Thema interessiert und hat unsere Beiträge hier in der Gruppe gelesen. Ich selbst werde nicht vor die Kamera treten, werde aber allgemein zur Verfügung stehen. Jetzt seid ihr gefordert. Wer ist dazu bereit, öffentlich über seine eigene Geschichte zu berichten? Interessant wäre jemand, der Erfahrung mit der Staatsanwaltschaft hier in Deutschland hat.

Erfahrungen mit der Staatsanwaltschaft habe ich nicht, ich habe nur das Schreiben, dass das Verfahren eingestellt wurde. Soll ich oder soll ich nicht vor die Kamera treten? Alleine der Gedanke macht mich panisch. Was ist, wenn meine Familie, Freunde oder gar die Kollegen den Beitrag sehen? Ich will nicht, dass sie davon erfahren, aber andererseits möchte ich, dass das Thema groß rauskommt. Ich wende mich an Uschi.

Dana: Es ist ein schwieriges Thema für mich, mich vor eine Kamera zu stellen. Ich schaffe es ja noch nicht mal, mit meiner Familie darüber zu reden. Ich würde es aber doch machen, wenn das Thema damit zum Laufen gebracht werden kann. Es ist auch die Frage, mit welchem Einfühlungsvermögen die Fernsehleute an die Sache herangehen.

Diesmal geht Uschi mit großer Sensibilität auf meine Sorge ein.

Uschi: Dana, ich weiß, es ist nicht einfach. Sage mir was Dir wichtig ist und welche Bedingungen Du hast. Ich kümmere mich dann um die emotionale Seite während der Befragung von Dir. Der Redakteur machte am Telefon einen sehr guten Eindruck. Man muss natürlich bedenken, dass er Journalist ist, aber ich bin überzeugt, dass wir das gemeinsam hinbekommen. Dana, ich möchte Dich auf keinen Fall nötigen, etwas zu tun, wozu Du noch nicht bereit bist. Zum Thema Staatsanwaltschaft hast Du doch ein Schreiben von bekommen, dass das Verfahren gegen den Herrn wegen Aussichtslosigkeit eingestellt wurde. Ich bewundere Deine Ruhe in der Angelegenheit. Ich wär ausgerastet und hätte denen gesagt, wie es laufen soll. Zum Teufel aber auch. Es gibt in Deutschland einfach keine zentrale Stelle wie zum Beispiel das FBI und andere in den USA. Daher wird es immer nur als "Einzelfall" angesehen und das Opfer als doof hingestellt. Dagegen wehre ich mich. Es geht um organisierte Kriminalität und da gibt es auch bei uns Fachleute - nur wir kommen an diese Fachleute noch nicht ran.

Nun ja, nicht jeder strotzt so vor Energie und Unternehmensgeist wie Uschi. Ich halte mich lieber bedeckt und im Hintergrund, Öffentlichkeitsarbeit war nie meine Stärke. Deshalb bin ich so dankbar und bewundere Uschi ganz offen und ehrlich. Sie bringt sich total ein und ist die treibende Kraft, die so sehr notwendig ist, um etwas zu bewegen.

* * *

Sven-Udo, das neue Mitglied der Gruppe, sendet mir einen Link zu. Ich folge dem Link und lande auf Webseite und dem dazugehörigen Forums von Scambaiter-Deutschland. Ich bin sprachlos. Warum bin ich in der ganzen Zeit, die ich im Internet recherchiere nicht selbst auf diese Seiten gestoßen? Scambaiter – diesen Ausdruck habe ich noch nie gehört. Nun erfahre ich, dass dies Menschen sind, die gezielt nach Betrügern im Netz suchen und ihnen unglaubliche Dinge abverlangen - gegen Aussicht auf Geld. Beispielsweise müssen die Scammer unsinnige Formulare ausfüllen, Bilder von sich selbst fotografieren mit Schildern in der Hand oder in unmöglichen Posen oder sie werden von Pontius nach Pilatus geschickt. Die Scambaiter bezeichnen diese Praktiken als „Baiten". Mein Deutsch-Englisch-Übersetzer sagt aus, dass das englische „to bait" auf Deutsch ködern, locken und hetzen heißt. Ich melde mich im Forum der Scambaiter an und mit offenem Mund sitze ich da, während ich mich völlig entgeistert und fassungslos durch den Mitgliederbereich lese.

Ich informiere Uschi, dass ich Mitglied im Scambaiter-Forum geworden bin und dass ich mich dort nach Unterstützung umsehen werde, damit mein David gebaitet werden kann. Sie möchte, dass das alles nur im Hintergrund geschieht, was mir sehr recht ist.

Uschi: Dana, wenn ihr mit dem Bait fertig seid, werden wir es anonymisiert veröffentlichen. Frage Sven-Udo doch bitte, ob er es schafft, die wahre Identität Deines Scammers zu überprüfen, die steht ja auf den Bildern. Mit diesen Bildern sind die Profile unter verschiedenen Namen gelaufen. Ich hab es zusammengefasst. Ganz schön heftig, was da schon alles bekannt ist.

Ich verstehe nur Bahnhof. Wovon redet Uschi? Welche Bilder meint sie und wo finde ich diese Informationen? Wenn ich mich mit Uschi unterhalte, dann habe ich immer öfter den Eindruck, irgendetwas verpasst zu haben. Sie weiß so viel mehr als ich. Ich frage nochmal nach.

Dana: was meinst Du damit, die Identität steht auf den Bildern?

Statt auf meine Frage zu antworten, gibt sie mir weitere Informationen.

Uschi: Der vermutliche Name, der zum Foto von Deinem Scammer im Netz gelistet ist, lautet Onashil Ayonikum. Vielleicht kommt ihr darüber weiter. Und vielleicht gibt es zu diesem Namen eine Adresse und eine Telefon-Nummer in Nigeria. Dann kannst Du anhand der Stimme heraushören, ob es Dein Kerl ist oder nicht.

Aha. Na toll. Ich google nach dem Namen, kann aber nichts Verwertbares finden. Das Ganze fängt an, suspekt zu werden. Warum sagt sie mir nicht einfach woher sie diese Informationen hat? Ich bekomme den Eindruck, Uschi wirft mir kleine Häppchen vor, die unverdaulich sind und mit denen ich nicht viel anfangen kann.

* * *

Bei den Scambaitern werde ich von einem Moderator und Mentor namens Samson nett empfangen und wir beginnen, meinen David zu baiten. Beim allabendlichen Chat erzähle ich David von meinem Freund Samson.

David: Ich frage mich, ob Du mir wirklich helfen willst. Du hattest mir gesagt, Du wärst bereit, mich am Ende des Monats zu unterstützen.

Angela: Ja, ich weiß, dass ich das gesagt habe. Ich habe das Problem, das Geld zu besorgen. Deshalb habe ich einen Freund gefragt, ob er uns helfen kann. Und ja, er ist bereit dazu. Ich habe ihm erzählt, dass Du 750 Euro brauchst. Aber er hat eine Bedingung: Er möchte die Rechnung von dem Krankenhaus sehen. Ich habe ihm die Website des Krankenhauses gezeigt. Vielleicht schreibt er sogar direkt per E-Mail dem Krankenhaus und fragt nach der Rechnung.

David: Okay mein Schatz. Wer ist er?

Angela: Er ist ein wirklich guter Freund und ich kenne ihn seit einigen Jahren. Sein Name ist Samson.

David: Wie sicher bist Du Dir, dass er uns unterstützt?

Angela: Ich bin mir sehr sicher. Er will uns helfen, ich kenne ihn. Er braucht nur die Rechnung und irgendwie eine offizielle Bestätigung des Krankenhauses, dass Du dort liegst.

David: Gut mein Engel.

Angela: Nächste Woche bekommst Du das Geld, mein Liebster. Und dann wird alles besser. Ich bin mir da sehr sicher.

David: Ja, das hoffe ich auch.

Nun fühle ich mich sehr viel besser. Mit Samson an meiner Seite habe ich das erste Mal nach langer Zeit wieder das Gefühl, nicht mehr alleine da zu stehen. Endlich bekomme ich tatkräftige Unterstützung und nicht nur gutgemeinte Ratschläge, die ins Leere laufen und mich nicht weiterbringen. Ich bin erleichtert.

* * *

Ich habe Probleme mit Lena und ihrer englischsprachigen Gruppe. Sie hat erfahren, dass ich doch nicht, wie versprochen, den Kontakt zu David abgebrochen habe und das zieht den Unmut der ganzen Gruppe auf mich. Ich werde online mit drei Personen in einem Konferenz-Chat belagert.

Lena: Warum nur hast Du den Kontakt mit dem Betrüger nicht abgebrochen? Du hast es mir versprochen.

Dana: Es tut mir leid, aber ich konnte es nicht. Ich kann ihn nicht einfach laufen lassen.

Lena: Dana, dieser Scammer ist eine Gefahr für Dich. Wir können nicht zulassen, dass Du Dich selbst kaputt machst. Wenn Du Dich nicht lossagst, dann wird er Dein Leben zerstören.

Peter: Dana, wir wollen doch nur Dein Bestes. Du solltest ihn sofort auf allen Kanälen sperren und blockieren.

Dana: Peter, ich weiß, ihr wollt nur das Beste. Lena, Du hattest mir gesagt, dass Du Dich um ihn kümmerst. Was ist daraus geworden? Ich höre nichts von Dir darüber.

Lena: Ich habe ihn auf meiner Messenger-Liste hinzugefügt, aber er spricht nicht mit mir. Er lehnt jeden Kontakt ab.

Dana: Aber Du hast es versprochen und ich habe mich darauf verlassen. Du sagtest, Du wirst ihn fertig machen.

Lena: Das tut mir sehr leid, Dana, aber wenn er keinen Kontakt zu mir aufnimmt, dann kann ich nichts machen.

Dana: Hmmm ...

Lena: Weißt Du eigentlich, dass Du unsere Gruppe in Gefahr bringst?

Dana: Nein, wieso bringe ich die Gruppe in Gefahr?

Lena: Wir haben es oft genug erlebt, wie Opfer ihren Scammern hörig wurden. Und ich befürchte, bei Dir ist es genauso. Dann wirst Du ihn mit in die Gruppe bringen. Der Online-Zugang zu unserer Gruppe wurde schon einmal gehackt und das Ergebnis war katastrophal. Das werden wir nicht noch einmal zulassen.

Dana: Nein! Wie um Himmels Willen wie kommt Ihr nur darauf, ich könnte ihm hörig sein? Gebt mir bitte nur noch ein paar Tage, eine Woche vielleicht. Ich bin in einem deutschsprachigen Scambaiter-Forum eingetreten. Dort wird man sich sicher bald um ihn kümmern. Ich brauche nur noch ein bisschen Zeit um ihn auf den richtigen Weg zu bringen.

Steve: Auf den richtigen Weg? Du wirst ihn nie auf den richtigen Weg bringen. Er ist ein Krimineller!

Dana: Ach, Steve, so meine ich es nicht. Ich kann mich nicht ausdrücken.

Lena: Du wirst Dich entscheiden müssen. Entweder für Deinen Scammer oder für unsere Gruppe. Beides gleichzeitig geht nicht.

Dana: Ich weiß nur, dass ich ihn jetzt nicht einfach blockieren werde. Ich will mein Geld zurück.

Steve: Sehe es doch ein, das Geld ist verloren und Du wirst es nicht wiedersehen. Finde Dich damit ab.

Ich kann nicht mehr. Sie verstehen mich einfach nicht. Ich schließe das Chatfenster und verlasse damit die Konferenz ohne mich zu verabschieden. Ich brauche Ruhe – Ruhe um nachzudenken.

* * *

Samson nimmt per E-Mail Verbindung mit dem Krankenhaus und zu Dr. Paul auf.

Sehr geehrter Herr Doktor Paul,

Ihr Patient Herr David Franklin hat eine Zahlungsanforderung zur Erstattung der OP-Gebühren. Bitte teilen Sie mir die Bankverbindung Ihres Krankenhauses mit, da Herr Franklin an den Rollstuhl gefesselt ist und das Geld leider nicht persönlich abholen kann. Für Ihre Bemühungen bedanke ich mich und verbleibe
mit freundlichen Grüßen
Samson Reihervogel

Ich bin gespannt auf mein abendliches Gespräch mit David. Wie ist die Reaktion auf Samsons kurze E-Mail? Das Ergebnis ist allerdings ziemlich enttäuschend:

Angela: Mein Schatz, mein Freund Samson hat gesagt, dass er dem Krankenhaus schreibt, aber ich habe ihn heute nicht gesprochen, weiß also nicht, ob er ihm wirklich geschrieben hat.

David: Ich verstehe nicht, mein Liebling. Was meinst Du?

Angela: Ich habe Samson die Website des Krankenhauses gezeigt. Dort ist eine Email-Adresse angegeben. Und er will das Krankenhaus kontaktieren und die Rechnung für die OP bezahlen. Ich weiß aber nicht, ob er das schon getan hat.

David: Okay, ich verstehe jetzt. Hast Du schon mit ihm heute gesprochen?

Angela: Nein, deshalb weiß ich jetzt auch nicht, was los ist. Vielleicht weißt Du mehr. Sein Name ist Samson Reihervogel.

David: Was meinst Du damit, dass ich mehr wissen könnte?

Angela: Vielleicht hat er heute dem Krankenhaus geschrieben und vielleicht hat einer der Mitarbeiter dir was davon gesagt.

David: Nein, ich weiß nichts.

Sehr schade. Entweder hat das Krankenhauspersonal noch nicht in die Eingangspost geschaut oder man hat dem Patienten nichts davon gesagt - oder David versteht mich im Moment einfach nicht.

* * *

Mit Anna verbindet mich inzwischen eine lockere aber herzliche Freundschaft. Sie ist sehr unkompliziert, das mag ich an ihr. Wir unterhalten uns sehr viel über West-Afrika, deren Bewohner und über ihre eigenen Erfahrungen. Heute Abend muss ich aber meinen eigenen Frust bei ihr loswerden.

Dana: So ein Mist. Ich war wieder in so einer Konferenz und mit drei Leuten haben sie mich bekniet, Lena und die anderen.

Anna: Frag dich doch mal, Dana, was Dir die Gruppe bringt. Du weißt, dass David ein Scammer ist und Du wirst ihm kein Geld mehr schicken.

Dana: Ach, die erzählen mir, die Gruppe sei in Gefahr, wenn ich den Kontakt nicht abbreche.

Anna: Was die sagen, was Du tun oder lassen sollst, kann Dir doch egal sein, oder?

Dana: Ja...Ich weiß nicht.

Anna: Ich kenne das alles. Lass Dich nicht für dumm verkaufen. Wenn Du es verkraftest, weiterhin mit David zu reden, dann tue das. Aber Du musst ganz ehrlich mit Dir selbst sein, verstehst Du? Wenn Du nicht damit klar kommst, dann lösche ihn und hau von ihm ab.

Dana: Du hast recht. Was ich privat mache, geht niemanden was an.

Anna: Das Wichtigste ist, dass Du weißt, was er ist. Das andere musst Du mit Dir selbst ausmachen. Diese Gruppen ziehen dich in was rein und bevor Du es weißt, hast Du Ärger. Ich weiß wovon ich rede. Du bist eine intelligente Person. Du musst entscheiden, was das Beste für dich ist in Bezug auf David.

Dana: Bist Du denn nicht Mitglied in Lenas Gruppe?

Anna: Nein, schon lange nicht mehr. Aber Lena und ich sind immer noch Freunde.

Dana: Ehrlich...ich hab die Schnauze voll!

Anna: wovon?

Dana: von dem Gerede in der Gruppe.

Anna: Ich will dir meine Meinung nicht aufdrängen, aber ich bin von Anfang an ehrlich zu dir gewesen.

Dana: Ja, ich weiß, Anna.

Anna: Dann mach das, was Du für richtig hältst. Wenn Du irgendwelche Zweifel hast, dann kannst Du jederzeit mit mir reden. Zwei Köpfe sind manchmal besser als einer.

Dana: Super. Vielen Dank. Es ist schön, dass Du da bist.

Anna: kein Problem, Du bist mir sympathisch, sonst wäre ich schon längst verschwunden.

Noch in dieser Nacht verlasse ich Lenas Gruppe, ohne einen Grund oder einen Kommentar zu hinterlassen. Was soll ich auch sagen? Vielleicht: „Liebe Leute, es tut mir leid, ich habe gelogen, ich werde meinen Scammer doch nicht verlassen, statt dessen verlasse ich Euch.“ Nein, das geht nicht. Daher denke ich, es ist am besser, einfach ohne Aufhebens zu verschwinden.

* * *

Nun ist endlich die Eingangspost des Krankenhauses gelesen worden und es wurde mit Schrecken festgestellt, dass die Mail von Samson in Deutsch verfasst ist.

David: Spricht Dein Freund Samson Englisch?

Angela: Keine Ahnung. Wieso?

David: Dr. Paul hat mir erzählt, dass er gestern Abend eine E-Mail auf Deutsch bekommen hat.

Angela: Oh, ich hoffe, er hat die E-Mail übersetzt, mit einem Online-Übersetzer.

David: Ja, ich habe ihm erzählt, er soll das so machen. Dr. Paul war ganz durcheinander, als er die E-Mail bekommen hat. Er sagte, er habe sich auf die Zunge gebissen, bei dem Versuch, es zu lesen. Ich habe ihn ausgelacht. Hahaha.

Angela: Ja, sehr lustig.

David: Dr. Paul fragt, ob er in Englisch zurückschreiben kann.

Angela: Ich denke, dass ist in Ordnung. Dann muss Samson eben auch übersetzen. Mein Liebling, Samson wird die Rechnung bezahlen und dann werden wir bald zusammen sein.

David: Ich bin so dankbar, meine Liebste.

* * *

Auch Samson hat sich der deutschsprachigen Selbsthilfegruppe angeschlossen. Allerdings kann er die hinterlegten Bilder, die die Scammer für ihre Betrügereien benutzen, nicht ansehen. Ich gebe das Problem an Uschi weiter, da die Bilder den Mitgliedern zur Ansicht zur Verfügung stehen sollten. Uschi dreht an den Einstellungen, aber nach Rücksprache mit Samson stellt sich heraus, dass es sich nicht gebessert hat.

Diese ganze Gruppenarbeit beschäftigt mich stark, teilweise bringt sie mich aus dem Tritt. Täglich gehen so viele Beiträge und E-Mails ein, die gelesen und beantwortet werden müssen. In dem Durcheinander sende ich meine Antwort versehentlich nicht an Samsons E-Mail-Adresse, sondern an die Gruppenadresse. Es überkommt mich heiß und kalt, als ich realisiere, was ich gemacht habe. Meine E-Mail an Samson ist für alle Welt sichtbar veröffentlich: „Samson, das Problem mit den Bildern hatte ich auch als Mitglied. Ich denke mal, entweder ist da etwas mit der Funktion nicht in Ordnung, oder Uschi hat das nicht im Griff."

In dem Moment, in dem ich den Senden-Button drücke, bemerke ich meinen Fehler, aber es ist zu spät. Der Beitrag ist veröffentlicht. Ich weiß, wie empfindlich Uschi manchmal reagiert und meine Vermutung, sie hätte das Forum nicht im Griff, kommt bestimmt nicht gut bei ihr an. Schnell sende ich ihr eine Entschuldigung direkt ins Postfach. Es scheint ihr aber nichts auszumachen.

Uschi: Das sind Reibungspunkte, die am Anfang vorkommen können. Wenn Samson bereits nach 3 Wochen Vollservice erwartet, dann muss ich ihn enttäuschen. Neben der Recherche von Scammern und das Beherrschen der Technik bin ich auch noch auf der Suche nach Opfern. Leider werde ich immer wieder fündig. Weißt Du Dana, am Ende des Jahres soll eine Statistik herausgebracht werden in der steht, welche Schäden hier gemeldet wurden. Wir sind vor drei Wochen von Null angefangen. Dafür ist das, was wir geschafft haben, schon ganz beträchtlich. Bleib ruhig und wenn es kracht und Du einen Blitzableiter brauchst, dann melde Dich bei mir. Du bist nicht alleine in dem Chaos. Kopf hoch, Dana.

* * *

Endlich meldet sich das Krankenhaus bei Samson:

Lieber Herr Samson,
vielen Dank für die E-Mail. Es ist wirklich überraschend, eine E-Mail aus Deutschland zu bekommen.

Die Auslandszahlungsmethode unseres Krankenkenhauses ist Western Union Money Transfer (WUMT). Nur diese Zahlung wird von uns akzeptiert und Frau Martens wird in der Lage sein, Ihnen bei dem Transfer-Prozess behilflich zu sein. Wir versuchen unser Bestes, damit Herr David Franklin so schnell wie möglich operiert werden kann. Er sitzt seit seiner Einlieferung im Rollstuhl.

Anbei erhalten Sie die benötigten Infos für die Transaktion.

Wir warten auf Ihre umgehende und schnellstmögliche Antwort, damit die Chirurgen mit der Operation beginnen können. Nochmals vielen Dank, Herr Samson.

Herzlichst Ihr
Dr. Paul

Frau Martens, das bin ich. Ich muss beim Lesen der Mail schmunzeln, da nun schon wieder Western Union zum Einsatz kommen soll. Mein Freund Samson ist unglaublich hilfsbereit, umsichtig und mitfühlend. Er schreibt seine Antwort wieder auf Deutsch.

Sehr geehrter Herr Dr. Paul,
vielen Dank für Ihre Mail. Leider kann ich Ihnen nicht in Englisch schreiben, da mein Übersetzer defekt ist. Ich bin froh, dass Herr Franklin auf dem Wege der Besserung ist. Wir haben hier noch einen Rollstuhl stehen, den können wir ihm bei Bedarf gerne schicken.

Hat er sonst noch irgendwelche Gebrechen? Hoffentlich hat er keine Kogonockenabsplitterungen, das ist sehr böse und kann bleibende Rückschläge zur Folge haben. Falls Sie irgendwelche medizinischen Ratschläge benötigen auch bezüglich Frauenheilkunde und Geburtshilfe, stehe ich ihnen gerne zur Verfügung. Ich bin nämlich Hobby-Gynäkologe.

Wir hoffen, dass sich Herr Franklin schnell erholt. Wenn er wieder genesen ist, kann er sich von seinem Schock in Deutschland erholen. Ich werde Ihm ein schönes Zimmer mit schwedischen Gardinen auf Schloss Ohne Wiederkehr besorgen.

Meine Kollegen würden gerne einen Erfahrungsaustausch mit Ihrem Krankenhaus beginnen und auch zu Studienzwecken einen Ärzteaustausch veranstalten.

Mit freundlichen Grüßen
Samson

* * *

In der Gruppe können die Bilder nun auch nach mehreren Tagen noch immer nicht gesehen werden. Ich lasse nicht locker. Wofür Bilder hochladen, wenn sie keiner ansehen kann? Deshalb wende ich mich erneut an Uschi.

Dana: Die Mitglieder können die Bilder immer noch nicht sehen. Wir müssen das anders regeln und die Bilder woanders einstellen, nehmen ich an.

Uschi: Ich kann da nichts machen. Du hast den gleichen Status wie ich und kannst es auch nicht. Ich werde die Bilder heute Abend per Mail an die Mitglieder rausschicken. Aus Versehen habe ich auch noch meine Praxis zu betreuen.

Ich bin eingeschüchtert, diesen scharfen Ton habe ich nicht erwartet. Oder bilde ich mir das nur ein und fühle mich wegen Nichts angegriffen? Ich habe auch viel um die Ohren und bin abends nach der Arbeit, wenn ich mich um die Gruppe kümmere, gestresst und müde. Vielleicht bin ich einfach nur zu empfindlich. Ich gebe klein bei.

Dana: Ja klar. Entschuldige bitte, Uschi.

Uschi reagiert plötzlich und unvermittelt in einer Aggressivität, als hätte sie etwas gebissen.

Uschi: Ich werde niemals einen Scambaiter zu einer Tat anstacheln, die hier in Deutschland strafbar ist, ganz egal, wo in der Welt die Webseite der Baiter geroutet ist. Solange die Menschen hier in Deutschland nicht aufgeklärt sind, gibt es Kohle zu Hauf für die

Scammer. Also: Es geht hier bei uns in der Gruppe um die Opfer und nicht um die Jagd von Tätern. Wir suchen die IP-Adressen-Blöcke der Scammer, um Zusammenhänge herzustellen zwischen den einzelnen Stufen eines Scammings. Nicht mehr und auch nicht weniger. Ich möchte wissen, mit welchen Scammer-Teams wir es zu tun haben und auf welchen Feldern sie arbeiten. Darum geht es und um nichts anderes.

Schockiert über Uschis Gefühlsausbruch mache ich mir Gedanken. Was geht hier vor? Hat sie Ärger mit den Scambaitern und wenn ja, warum? Und was hat meine Frage zu den Bildern mit Scambaiting zu tun? Ich möchte doch nur, dass die Mitglieder Zugriff auf die Bilder haben und Samson ist vielleicht einfach nur ein bisschen beharrlicher als die anderen Mitglieder, egal ob er Scambaiter ist oder nicht. Ich fühle mich zitterig über diese geballte Ladung an Emotionen, die mir entgegenschlägt und nehme allen meinen Mut zusammen, um Uschi zu antworten.

Dana: Ich möchte hier nicht irgendwie zwischen die Fronten geraten. Ich hatte nur weitergeleitet, was Samson mir geschildert hat. Ich werde ihm sagen, wenn er irgendwelche technischen Probleme hat, dann soll er es in die Gruppe posten oder sich direkt an Dich wenden. Ich bin hier, um das Geschehene aufzuarbeiten und besitze weder die Erfahrung noch jeglichen Hintergrund mich an entsprechenden Diskussionen zu beteiligen.

Die Antwort von Uschi geht über meinen Verstand.

Uschi: Du bist nicht im Getriebe, Engelchen. Es ist einfach nicht der Weg, den ich schätze. Am Anfang jeder Zusammenarbeit entstehen Reibungspunkte, bis die Richtung klar wird. Um es klar zu stellen: Wir wollen Informationen sammeln und Wege aufdecken. Es steht da eine Idee im Raum. Wir wünschen uns, dass die Scammer ihre E-Mail über ein Land routen, wo das Strafrecht greift. Dieser Weg ist da. Der nächste Weg ist auch schon in meinem Kopf.

Dana, ab sofort müssen wir jede Mail, die an die Gruppe geht, sehr genau untersuchen. Die IP muss gecheckt werden und nur was wirklich sauber ist, wird veröffentlicht. Wir müssen die Polizei hierzulande dazu mobilisieren, Anzeigen ernst zu nehmen. Und dann müssen sie mit Behörden in Amsterdam und in London zusammenarbeiten, die eine größere Erfahrung auf diesem Sektor haben als wir hier. Wenn das geschafft ist, dann kann die deutsche Polizei Kontakt mit dem FBI aufnehmen und nach deren Erkenntnissen fragen. Das ist der Weg. Aber solange bei uns das BKA nur aktiv wird, wenn es um Millionenbeträge geht, müssen wir kämpfen. Auch Kleinvieh macht Mist. Wenn ich lese, was ein Samson da verlangt, nachdem die Seite gerade mal 3 Wochen online ist, dann frage ich mich, wovon träumt der nachts.

Jetzt bist Du auf dem neuesten Stand. Das Ziel des Forums ist es, dass alle meine Tätigkeiten im Vordergrund stehen. Das ist der Rahmen in dem wir uns bewegen. Das ist Politik, wenn Du es so willst. Anders

kann das nicht funktionieren, sonst wird das ein Chaotenhaufen.
Bleib ganz ruhig - Du machst eine gute Arbeit. Und lass Dich von den Mitgliedern unserer Gruppe nicht zu sehr in Anspruch nehmen. Sie sollen alles auf unsere Seite posten, wenn ihnen etwas nicht passt. Da ist der Platz dafür, Du bist nicht der Mülleimer der Gruppe. Das ist nicht Deine Aufgabe. Die Mitglieder müssen lernen, sich gegenzeitig zu helfen und brauchen keinen Vorturner. Wir sind doch alles erwachsene Menschen.

Uschi hat mich platt geredet und sprachlos gemacht. Vermutlich bin ich einfach nur zu doof oder zu unterbelichtet, um ihren Ausführungen adäquat folgen zu können. Wir werden also keine Bilder sehen, aber wir werden die Welt retten. Also - packen wir es an!

* * *

Samson ist ausgesprochen selbstlos und setzt alles Menschenmögliche in Gange um David und auch dem Krankenhaus zu helfen.

Sehr geehrter Herr Dr. Paul,

ich habe soeben mit Herrn Dr. Kurt Leber gesprochen und habe ihm von Ihren Problemen berichtet. Laut Dr. Leber hat der Verein "Ärzte ohne Skrupel" einstimmig beschlossen, mittellose Patienten in Ihrem Krankenhaus zu unterstützen. Der Erste, der in den

Genuss kommen soll, ist Ihr Patient Herr David Franklin.

Senden Sie mir bitte eine Kopie des Krankenblattes von Herrn Franklin und die Kostenzusammenstellung, dann kann ich dieses an Herrn Dr. Leber weiterleiten. Die Einzahlung erfolgt dann ohne weitere Verzögerungen auf Ihr Krankenhauskonto. Der Verein erwägt auch, Ihr Krankenhaus mit medizinischen Geräten zu versorgen. Bitte senden Sie mir die Kopie und die Bankdaten des Krankenhauses umgehend zu, damit eine schnelle Auszahlung erfolgen kann.

Zahlungen über Western Union sind nicht möglich, da wir bargeldlosen Zahlungsverkehr vorziehen und Belege für die Staatsanwaltschaftsübermittlungsgesellschaft benötigen.

Ich schreibe heute mit kollegialem Gruß
Samson Reihervogel

Danke Samson, danke. Ist er nicht ein echter Schatz? Ich genieße die lustigen E-Mails, die er versendet. Ich hatte die Webseite des Krankenhauses im Scambaiter-Forum gemeldet. Es gibt einige Mitglieder mit Verbindungen zu AA419 (Artists Against 419). Dort gibt es die Möglichkeit, betrügerische Webseiten zu melden und mit etwas Glück kann die Webseite abgeschaltet werden. Und das ist nun mit der Webseite des Crossbay Hospitals passiert. Abends bin ich wieder im Chat mit David.

Angela: Irgendwas stimmt nicht mit der Webseite des Krankenhauses.
David: Von welchem Krankenhaus redest Du?
Angela: Von dem Krankenhaus, in dem Du grade liegst.
David: Ach so, ja. Was ist mit der Webseite passiert?
Angela: Sie funktioniert nicht mehr.
David: Tatsächlich? Vielleicht wird gerade daran gearbeitet.
Angela: Ja, das könnte sein.
David: Ich werde mal nachfragen. Hast Du heute mit Samson gesprochen?
Angela: Ich habe ihm eine kurze SMS gesendet. Er ist gerade auf einer Geschäftsreise und sehr beschäftigt. Er hat mir geantwortet, dass er mit Dr. Paul in Kontakt steht und dass er auf die Antwort von dem Doktor wartet.
David: Was für Geschäfte macht Samson denn?
Angela: Er ist in der medizinischen Branche.

Das Gespräch versiegt. Wir hatten uns schon mal mehr zu sagen. David scheint abgelenkt. Sind es die starken Schmerzen, die er hat? Ich vermute eher, er chattet mit anderen Frauen.

* * *

Samson hat scheinbar bemerkt, dass er bei Uschi nicht gut angekommen ist und ihren Unwillen auf sich gezogen hat. Als ich am Morgen online gehe, sehe ich, dass helle Aufregung in der Gruppe herrscht. Uschi schreibt, Samson sei aus der Gruppe ausgetreten und hat sich unter einem anderen Namen wieder angemeldet. Sie ist richtig wütend.

Uschi: Ich habe gestern deutliche Worte zu Samson gesagt und das hat er nicht vertragen. Er fühlt sich ertappt. Ich habe von allen Mitgliedern die IP-Adresse. Das ist kein Misstrauen sondern eine reine Sicherheitsmaßnahme, damit solche Geschichten nicht passieren. Dana, dies sind Spielchen, die ich nicht zulasse. Bei uns geht es um Menschen, die sehr tief verletzt sind und nicht mehr ein noch aus wissen. Glaubt der etwa, ich lasse mich auf einen Kindergarten ein? So geht das nicht. Dana, wir müssen übervorsichtig sein. Ab heute werden wir folgendes machen: Jedes neue Mitglied bekommt meine Ruf-Nummer. Bevor ich nicht mit der Person telefoniert habe, gibt es keine Aufnahme in die Gruppe. Unsere Gruppe ist kein neues Betätigungsfeld für Scambaiter.

Ich fühle mich irgendwie zwischen den Stühlen eingeklemmt. Sollte Uschi recht haben und Samson hat sich ein zweites Mal unter einem anderen Namen angemeldet, dann kann ich das nicht nachvollziehen, aber diese Reaktion von ihr ist für meinen Geschmack etwas zu heftig.

Uschi legt noch öffentlich in der Gruppe nach: *Erst letzte Woche hat sich ein Scambaiter mit dem Pseudonym Samson bei uns angemeldet. Bisher hat er nichts öffentlich gepostet. Aber hinter den Kulissen mit dem Moderator lästern und eine große Lippe riskieren. Dieses Mitglied hat eine Mahnung erhalten. Daraufhin hat er ges-*

tern Abend seine Mitgliedschaft beendet und mit anderem Namen, aber der gleichen E-Mail-Adresse wieder angemeldet.

Lese ich da richtig? Hat sie wirklich geschrieben: „Aber hinter den Kulissen mit dem Moderator lästern und eine große Lippe riskieren." Ich lese es wieder und wieder. Ich kann mir einfach keinen Reim drauf machen. Der Moderator der Gruppe bin ich. Aber wann habe ich gelästert? Da es einfach keinen Sinn ergibt, ist es wohl am besten, es einfach zu ignorieren, aber ein ungutes Gefühl habe ich doch und ich bin besorgt. Uschi schreibt weiter:
Das Forum Romancescam ist ein Forum, in dem schwer traumatisierte Menschen Hilfe finden. Diese Menschen sind nicht humorlos, aber es ist kein Spielplatz für Scambaiter.

Aufgrund meiner Erfahrung mit meinem Scammer aus Nigeria, der versucht hat, meinen Rechner zu hacken, werden alle meine Rechner rund um die Uhr überwacht. Ich sehe alle Bewegungen und diese werden nach den gesetzlichen Vorschriften sechs Monate aufbewahrt. Danach wird alles an einen Archiv-Server gesendet. Diese heutige Erfahrung zeigt mir, dass ich diesen Archiv-Server an Plattenkapazität aufrüsten muss.

Wenn das man nicht noch großen Ärger nach sich zieht. Ich verstehe Uschi einfach nicht, aber womöglich spielen sich im Hintergrund viele Dinge ab, von denen ich keine Ahnung habe. Für mich hat dies alles eher den Anschein, als sei ich in einem Irrenhaus gelandet und der einzige

Auslöser waren die dämlichen Bilder, auf die nicht zugegriffen werden kann.

* * *

Da mein lieber Freund Samson keine Antworten auf seine Mails an das Krankenhaus bekommt, versucht er es ganz geduldig noch einmal in einem fürchterlichen Englisch, dass durch einen Online-Übersetzer entstand. Ich selbst habe es mir einmal auf Englisch durchgelesen und habe kaum etwas verstanden. So ist es kein Wunder, dass die Antworten nur zögerlich aus Afrika zurückkommen:

Lieber Dr. Paul,

da ich keine Antwort bekomme, gehe ich davon aus, dass Ihr Patient David Franklin keine Operation mehr benötigt. So ist also auch die Geldüberweisung, die ich tätigen wollte, hinfällig. Ich wünsche allen Ihren Patienten eine baldige Genesung und Ihnen einen ruhige Hand.

Viel Glück für die Zukunft.
Samson Reihervogel

Dies scheint nun aber doch zu fruchten. Am Nachmittag kommt die langeersehnte Antwort.

Lieber Herr Samson,
wir entschuldigen uns für die Verzögerung, aber wir haben hier einige technische Schwierigkeiten mit dem Internet, was in unserem Land keine Seltenheit

ist. Herr David Franklin hat seine Gesundheit noch nicht zurückgewonnen, da die Operation noch durchgeführt werden muss. Herr Samson, ihre Unterstützung für Herrn Franklin wird dringend benötigt. Herr Franklin wartet so geduldig und hofft, dass es bald weitergeht. Sein Gesundheitszustand verschlechtert sich täglich.

Wir freuen uns über eine Zusammenarbeit und sind so dankbar, wenn wir im medizinischen Umfeld Unterstützung erhalten um den Standard unseres medizinischen Personals anzuheben. Welche Fakultäten vertreten Sie und mit welchen medizinischen Geräten arbeiten Sie?

Wir danken Ihnen und Frau Martens ganz herzlich.
Mit freundlichen Grüßen
Dr. Paul

Samson kommt richtig in Fahrt und ist gar nicht mehr zu bremsen in seiner Spendenfreudigkeit.

Lieber Dr. Paul,

danke für Ihre liebe Mail. Kapitän Klaubär wartet schon ungeduldig auf die Zusage, dass er mit seinem Schiff, der Panker Maria, auslaufen kann. Der Überseecontainer ist beladen mit allgemeinen Medikamenten und Transfusionen, außerdem sind Analspiralen mit sterilen Elektroden dabei. Erste Hilfe Koffer mit Heftpflaster und Mullstreifchen in verschiedenen Größen, außerdem verschiedene Herzschrittmacher, stupideateroide Salben und Zubehör. Verschiedene Mittel zum gurgeln, zur Not kann man sie auch für die Füße benutzen. 2 Pakete Tempo, verschiedene Stereoskope für Anal und Hals, zwar gebraucht aber generalüberholt und verschiedener anderer medizinischer Kleinkram. Wir haben auch noch einen Mercedes Krankenwagen von der Bergwacht, der nicht mehr benötigt wird, die kommen sowieso mit dem Ding nicht auf den Berg und nehmen immer den Hubschrauber.

Aber was muss ich sehen! Sie haben ja meine Auflagen der letzten Mail noch nicht erfüllt? Also bitte, Herr Dr. Paul, bei der nächsten Mail alles ordnungsgemäß erledigen. Die Zollpapiere sind von unserem Kollegen Ede Fälscher auch schon fertiggestellt.

Liebe Grüße
Samson Reihervogel

* * *

Ich mache mir ernsthafte Gedanken über den Vorfall in der Gruppe und ich frage bei Samson nach:

Dana: Es hat sich ein Mann bei uns angemeldet und Uschi meint, dass Du es bist. Stimmt es wirklich, dass Du dich in der Gruppe unter einem neuem Namen angemeldet hast? Ich bzw. wir möchten keine entsprechenden Späße haben. Hier bei den Scambaitern ist es natürlich was anderes.

Samson reagiert ein bisschen verstimmt.

Samson: Du schreibst, es hat sich ein Mann bei Euch angemeldet. Tatsächlich? Bei Euch gibt es fast ausschließlich weibliche Mitglieder und so wie ihr es versteht, passiert sowas wohl nur Frauen. Google mal nach den Worten „Russian Bride" (Russische Bräute). Dann findest Du ein reines Männerforum. Dort sind nur geschädigte Männer drin und die haben ein paar mehr Mitglieder als ihr, ich bin da übrigends auch Mitglied. Wenn ich die Beiträge bei Euch lese, dann fehlen mir die Worte und ich kann ich nichts mehr sagen. Ich bin bei Euch ausgetreten, weil ich mich eingemischt haben soll. Das liegt mir fern. Ich mische mich nicht mehr ein.

Dana: Okay Samson, Du mischt Dich bitte nicht ein und alles wird gut. Ich halte mich da auch raus. Es liegt mir nicht, mich bei Diskussionen aufreiben zu lassen, die ich sowieso nicht verstehe. Abgesehen vom verlorenen Geld, dass für mich ein kleines Vermögen ist, habe ich mental doch mehr dran zu knabbern als ich mir anmerken lasse.

Mir wächst alles über den Kopf. Die Arbeit und die Anspannung sind einfach zu viel. Hinzu kommt, dass ich mich schuldig fühle, den Eklat zwischen Samson und Uschi ausgelöst zu haben, obwohl ich nur vermitteln wollte. Aber was war der tatsächliche Auslöser und warum geht Uschi auf einmal so aggressiv gegen die Scambaiter vor? Und was genau habe ich falsch gemacht bei meinem Versuch, Samsons Bitte, die Bilder zu sehen, an Uschi weiterzugeben? Ich komme nicht dahinter. Um das Maß voll zu machen, habe ich schon wieder eine Nachricht versehentlich an die Gruppenadresse geschickt, statt an Uschi direkt, so dass die persönliche Nachricht nun öffentlich im Forum steht. Deshalb bitte ich Uschi, mich vom Moderatorenstatus zu entheben.

Dana: Uschi, bitte tue mir den Gefallen und entbinde mich von dem Moderatoren-Status. Ich fühle mich dem Ganzen hier nicht gewachsen.

Uschi versteht nicht, warum ich das möchte.

Uschi: Dana, warum? Bist Du Samson auf den Leim gegangen? Wenn Du eine erfahrene Scambaiterin brauchst, ich kenne eine ganz nette, die Dir hilft. Du machst einen großartigen Job. Bitte schmeiß die Flinte nicht ins Korn. Du weißt, dass ich immer für Dich da bin.

Ich denke nach. Samson tut sein Bestes und hilft mir dabei, David zu veralbern. Er bringt mich immer wieder zum Lachen und das tut so gut. Warum sollte ich ihm nun den Laufpass geben und zu einer Scambaiterin wechseln, die ich nicht kenne? Mein Gefühl sagt mir, dass dies der falsche Weg wäre. Samson ist nicht das Problem. Ich bin das Problem, ich stehe mir selbst im Wege und habe überhaupt keinen Plan, was um mich herum abläuft. Meine Hilflosigkeit ist haarsträubend und ich versuche, Uschi klarzumachen, dass ich mit der Forumsarbeit überfordert bin und nun zum zweiten Mal einen Beitrag veröffentlicht habe, der eigentlich privat ist.

Uschi beschwichtigt mich und die Welt rückt sich wieder gerade.

Uschi: Pass auf, gehe einfach auf den Beitrag und lösche ihn. Das ist alles kein Beinbruch. Du machst einen so guten Job - ich wäre sehr traurig darüber, wenn ich Dich nicht mehr hätte.

* * *

So langsam kommt die Konversation zwischen Samson und Dr. Paul vom Crossbay Hospital richtig in Fahrt.

Sehr geehrter Herr Samson,
unser Krankenhaus ist interessiert an Ihrem Angebot, besonders an den Medikamenten und dem Mercedes Ambulanzwagen. Mein Patient, Herr David Franklin lässt Grüße an Sie ausrichten und ist dankbar, dass sie ihm helfen werden. Mit gebührendem Respekt, Herr Samson, das Krankenhaus möchte wissen, wann Sie in der Lage sind, ihn zu unterstützen. Ich erwarte Ihre Antwort alsbald möglich

Mit freundlichen Grüßen
Dr. Paul

Die Antwort von Samson in einem Englisch, das keiner versteht. Daher immer noch die anhaltenden Missverständnisse.

Lieber Dr. Paul,

es freut mich, dass Sie sich doch noch entschlossen haben zu kooperieren. Es sollte so aussehen, dass Sie uns ein paar fähige Ärzte in unsere Universitätsklinik senden. Dort können Ihre Ärzte ein bisschen probeoperieren und sich ein paar neue Tricks aneignen. Es findet ein sehr empfehlenswerter Lehrgang statt: "wie vertusche ich Fehler, ohne haftbar gemacht zu werden".
Die medizinischen Geräte und Medikamente sind verladen. Kapitän Klaubär wird den Hafen von Lagos ansteuern, wir halten ständigen Kontakt über UKW Radio Bremen.
Und vergessen Sie nicht, die Belege und ihre Bankverbindung anzugeben.

Gott zum Gruß und an alle die Sie treffen
Samson Reihervogel

* * *

Es ist aber auch grausam und herzerweichend, wie sehr David leidet. Der arme Kerl muss furchtbare Schmerzen ertragen. Ob er das noch lange durchhält?

David: Meine Beine schmerzen so stark seit heute Morgen. Es bringt mich um.
Angela: Oh, mein Schatz, das ist ja schrecklich! Es tut mir so leid.
David: Das Krankenhaus sagt, dass ich wahrscheinlich diese Woche meine OP haben kann. Ich weiß immer

noch nicht, was ich machen soll. Ich bin mir nicht sicher, ob Dein Freund mir wirklich helfen will.

Angela: Mein Liebster, Samson ist wirklich ein sehr reicher Mann. Er besitzt eine Firma, die mit medizinischen Instrumenten und mit Medizin handelt. Er möchte Dir gerne helfen, aber er ist ein Geschäftsmann und er braucht eine Rechnung mit einer speziellen Aufstellung der Kosten und auch die Bankkontoinformationen des Krankenhauses. Ich kann nicht glauben, dass dies ein Problem für das Krankenhaus ist. Sowas machen die jeden Tag.

David: Okay meine Liebe, ich kann nur nicht verstehen, warum sich alles so sehr verzögert.

Angela: Ja, das weiß ich auch nicht.

David: Mein Engel, gibt es nicht noch einen anderen Weg, um die Kosten für mich zu bezahlen?

Angela: Wie bitte? Hier ist niemand anderes, den ich nach Geld fragen kann. Und warum auch? Samson will zahlen. Er braucht nur eine Rechnung mit den Bankkontoinformationen. Wo ist das Problem?

David: Okay, meine Liebe.

Angela: Ich hoffe, das Krankenhaus ist korrekt und rechnet auch richtig ab. Ich mache mir Sorgen um Dich. Was ist das für ein Laden? Bist Du Dir sicher, dass es mit rechten Dingen zugeht?

David: Ja mein Engel, das Krankenhaus ist in Ordnung. Ich wundere mich nur, wie die Dinge hier ablaufen, es ist so anders als zuhause in den Vereinigten Staaten.

Angela: Ja, das mag sein, aber selbst in Nigeria muss ein Krankenhaus eine Buchhaltung haben. Und wenn sie sagen, dass sie keine Rechnung ausstellen können, dann ist das eine Lüge. Was können wir machen, mein Liebster?

David: Ich weiß es nicht, mein Engel.

Angela: Ich werde für Dich beten, mein wunderbarer Mann.

David: Ich danke Dir meine Liebe.

* * *

Die Internet-Plattform der deutschen Gruppe ist eine einfache Seite mit vielen Gesprächsverläufen. Es hat keine Tiefe wie ein richtiges Forum und man findet sich nur schwerlich zurecht. Außerdem sind alle Beiträge und Kommentare öffentlich auch für Nicht-Mitglieder einsehbar. Da ich ein bisschen Erfahrung mit dem Bau von Homepages habe, weiß ich, dass es auch anders geht und ich unterbreite Uschi einen Vorschlag.

Dana: Wie wäre es mit einem komplett abgeschlossenen Forum für reine Internas? Ich meine, neben unserer bestehenden öffentlichen Gruppe, in der auch jeder Außenstehende lesen kann, sollten wir noch ein weiteres Forum haben. Ich habe beispielsweise bereits ein Forum bei Forencity laufen, daher kenne ich mich damit ein bisschen aus. Das könnte dann als komplett verriegeltes Forum eingerichtet werden, so dass nur wirklich die reinkommen, die wir zulassen. Ich wäre bereit, das Forum kommendes Wochenende einzurichten und Du könntest Dir das anschauen.

Uschi ist begeistert von der Idee und ich leite alles in die Wege.

Uschi: Manchmal bedarf es ganz besonderer Menschen, dass etwas bewegt oder in andere Bahnen gelenkt wird. Dana, Du bist Weltspitze!

Dies ist meine Welt, hier kann ich mich nun wirklich nützlich machen und meine Fähigkeiten einbringen. Gemeinsam mit Uschi überlege ich, wie unser neues Forum aussehen könnte. Es dauert nicht lange, das Forum grob einzurichten und ich fühle mich großartig bei dem Gedanken, mich nun endlich sinnvoll betätigen zu können.

* * *

Entweder hat Dr. Paul immer noch erhebliche Probleme, der Konversation mit Samson zu folgen, oder er ist so beschäftigt, Samsons Mails zu übersetzen, dass er das Antworten ganz vergisst. Es kommen keine Antworten.

Lieber Dr. Paul,

wo sind die erforderlichen Papiere? Wenn Herr David Franklin stirbt, tragen Sie die ganze Verantwortung. Also - wenn unsere Kooperation klappen soll, dann muss sich das ändern.
Kapitän Klaubär wird sich mit Ihnen in Verbindung setzen, bevor er den Hafen von Lagos ansteuert. Sie müssten nur zwei Mitarbeiter bereithalten, einer der die Fracht übernimmt und einer der den Mercedes Krankenwagen fährt. Es müssen aber äußerst zuverlässige Leute sein, da im Mercedes in den Seitenver-

kleidungen Beutelchen stecken, die der Fahrer zuerst in Lagos abliefern muss. Die Waffen werden direkt am Schiff von einem Herrn Usman Bello abgeholt. Bitte Herr Dr. Paul enttäuschen Sie mich nicht.

Liebe Grüße
Samson von Reihervogel

Erstaunlich. Mein lieber Freund Samson scheint doch nicht so selbstlos zu sein.

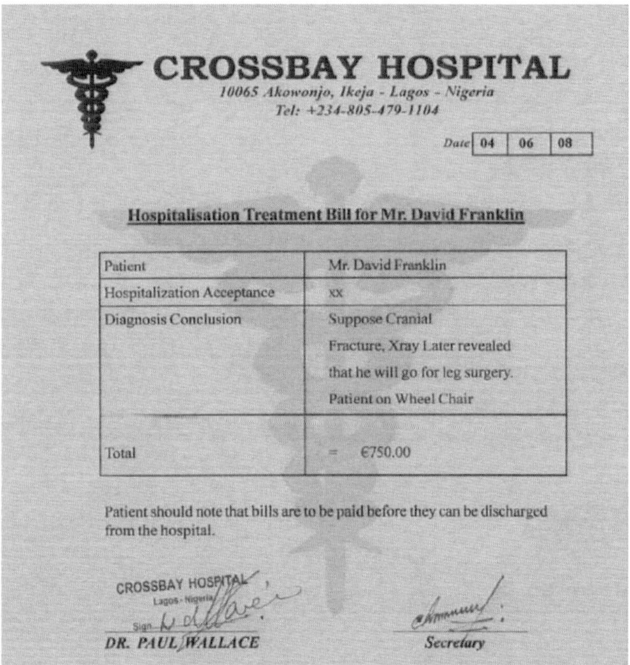

CROSSBAY HOSPITAL
10065 Akowonjo, Ikeja - Lagos - Nigeria
Tel: +234-805-479-1104

Date 04 | 06 | 08

Hospitalisation Treatment Bill for Mr. David Franklin

Patient	Mr. David Franklin
Hospitalization Acceptance	xx
Diagnosis Conclusion	Suppose Cranial Fracture, Xray Later revealed that he will go for leg surgery. Patient on Wheel Chair
Total	= €750.00

Patient should note that bills are to be paid before they can be discharged from the hospital.

CROSSBAY HOSPITAL
Lagos - Nigeria
Sign
DR. PAUL WALLACE

Secretary

Endlich kommt die langersehnte Rechnung, angehängt an eine E-Mail, in der sich Dr. Paul wiederholt für die Verzögerung entschuldigt, er weicht aber nicht davon ab, dass die Rechnung per Western Union bezahlt werden muss.

Die Rechnung ist ein Witz. Viel Mühe hat man sich nicht gegeben, sie zu erstellen. Entsprechend fällt die Antwort von Samson aus.

Sehr geehrter Herr Dr. Paul,

ich habe Ihre Rechnung genau studiert. Sagen Sie mal, kann das stimmen mit einer Gesamtsumme von 750,- Euro bei der langen Liegezeit und der schwierigen Operation? Soviel kostet bei uns die Benutzung von einem Bett an einem Tag.

Wir planen einen Kongress, wozu wir Sie und Ihr Personal gerne einladen würden. Das Thema des Kongresses lautet "Wie bekomme ich die vergessene Schere und Tupfer wieder aus dem Patienten, ohne dass er es merkt".

Sie haben mir gar nicht mittgeteilt, ob das in Ordnung geht, die Fracht in Lagos in Empfang zu nehmen?

Samson Reihervogel

Ich glaube, Samson hat den Beruf verfehlt. Er hätte Arzt oder Krankenschwester werden sollen.

* * *

Ich ertrage es nicht mehr mit David zu chatten. Sein weinerliches Getue zerrt an den Nerven und wenn ich weitermache, dann bin ich bald ein Wrack. Ich kann zwar über Samsons Mails schmunzeln und sie helfen mir, das Geschehene hin und wieder in den Hintergrund zu drängen, aber ich werde das Gefühl nicht los, dass wir auf diesem Wege nicht mehr weit kommen werden. Irgendwann wird David merken, dass kein Geld mehr fließt und dann? Ich habe das Gefühl, an einem Abgrund zu stehen und es geht mir schlecht. Ich habe David über eine angebliche Freundin mitteilen lassen, dass ich einen Unfall hatte und im Krankenhaus liege.

Auch Samson hat nicht viel Glück. Das Krankenhaus beharrt weiter auf die Zahlung per Western Union, Samson beharrt auf Banküberweisung. Die Fronten sind verhärtet. Daher schreibt er direkt an David:

> *Lieber Franklin,*
>
> *ich stehe leider immer noch in Kontakt mit dem Krankenhaus, aber es hat keinen Sinn, die sind scheinbar stark überbelichtet. Deshalb bitte ich Dich, mir schnellstens Deine Bankdaten zu senden, damit ich Dir das Geld sofort überweisen kann.*
> *Ich komme gerade von Angela aus dem Krankenhaus. Das war ja ein schlimmer Arbeitsunfall. So wie es aussieht besteht bei ihr der Verdacht auf Fraktur der anhängenden Extremitäten. Sie hat wahnsinnige*

Schmerzen. Also lieber Freund, da Du ja schon bald zur Familie gehörst wie mir Angela erzählt hat, schicke schnell die erforderlichen Unterlagen, damit ich Dich segensreich unterstützen kann. Gruß Samson

* * *

Die Idee mit dem neuen Forum nimmt Formen an und ich diskutiere mit Uschi die verschiedenen Möglichkeiten, die sich daraus ergeben, auch darüber, vielleicht eine eigene Webseite auf die Beine zu stellen.

Dana: Wenn wir eine eigene Webseite haben, über die wir das Forum laufen lassen, dann können wir sie über das Ausland hosten. Andere Selbsthilfegruppen und die Scambaiter machen das auch. Es kann für uns doch kein Nachteil sein, oder? Ich glaube nicht, dass uns das einer krumm nehmen würde.

Uschi: Ich sehe es genauso. Aber auch im Ausland kann man rechtlich belangt werden.

Dana: Ich halte es für problematisch, den echten Namen und Adresse im Impressum anzugeben. Immerhin haben wir es mit Kriminellen und sogar mit richtigen Verbrechern zu tun. Ich hätte keine Lust darauf, dass so einer irgendwann vor meiner Tür steht und das Messer zieht. Ich habe bei zwei Hosting-Anbietern angefragt. Die sehen nicht die Möglichkeiten, die persönlichen Daten zu verdecken. Und die Angabe von falscher Adresse oder Identität ist strafbar. Ich habe einen Anbieter gefunden, der viele Sachen bereits vorinstalliert hat, so dass wir ein Forum und Homepage ohne Probleme nach eigenen Bedürfnissen einrichten können. Aber wie gesagt, ich kaufe die Domain nicht mit meinem Namen. Den gebe ich nicht preis, aber ich weiß nicht, wie wir das sonst auf die Reihe kriegen sollen.

Uschi: Vielen Dank. Wir werden das in meinem Namen machen. Also, ich geh wie immer in Front und zeichne mich verantwortlich nach außen und gut. Ehrlich währt am längsten. Das ist meine Devise. Es muss rechtlich sauber sein, sonst werden alle Mitglieder mit reingezogen. Das geht nicht. Ich mach mich schlau.

* * *

Davids Antworten sind grauenhaft. Ich erkenne ihn kaum wieder, er fleht um sein Leben.

Guten Morgen Herr Samson,
Wie geht es Ihrer Familie, Herr Samson? Haben Sie eigene Kinder? Ich bin ganz schockiert, dass Angela einen Unfall hatte. Ich hoffe, es geht ihr bald besser. Ich vermisse sie so sehr und ich liebe sie von ganzem Herzen. Ich wünschte, ich wäre dort bei ihr und könnte mich um sie kümmern. Herr Samson, ich wünschte ich könnte Ihnen meine Bankverbindung nennen für die Überweisung, aber mein Konto ist in den USA und ich kann von hier aus nicht darauf zugreifen. Sie können Angela fragen, sie wird Ihnen dasselbe erzählen. Können Sie das Geld bitte mit Western Union senden? Bitte retten Sie mein Leben, Herr Samson!

Dr. Paul hat mir gesagt, er hat einfach nicht verstanden, was Sie ihm in Ihrer letzten Mail geschrieben haben. Herr Samson, bitte helfen Sie mir und Gott wird Sie immer segnen.
David

Samson versucht weiterhin sein Bestes, er hat sich sogar auf den Weg zu einer WU-Filiale gemacht. Leider ohne Erfolg.

Lieber David,
ich bin nicht verheiratet und habe keine Kinder. Nur eine Katze und die heißt Muschi.

Angela hat es bei Ihrem Sturz böse erwischt. Hämatome von unten bis oben, mit Verdacht auf ein Traumaticum Schüttelinum und mit starker Prellung der seitlichen Hydrokultur. Es sieht wirklich böse aus.

Ich wollte bei Western Unionbank 5000 Euro einbezahlen. Die haben gesagt, das geht so nicht. Was ist das für eine merkwürdige Bank? Die Frau am Schalter hat mir einen Packen Formulare mitgegeben, um die Identität des Empfängers zu bestätigen. Ich schicke sie Dir an dieser E-Mail angehängt zu. Außerdem benötigen die eine Kopie Deines Personalausweises. Schicke mir diesen bitte sofort zu!
In Deinem eigenen Interesse antworte mir schnell, sonst befinden wir uns im Kriegszustand.

Noch mit freundlichen Grüßen
Samson Reihervogel

* * *

Ich bin so begeistert von der Arbeit in unserer Selbsthilfegruppe, dass ich auch andere daran teilhaben lassen möchte. Es interessiert mich sehr, was Anna speziell von unserer Gruppe denkt. Ich weiß, sie hält im Allgemeinen nicht viel von Online-Gruppen, aber dies ist mal was ganz anderes - zumindestens in meinen Augen.

Dana: Anna, kannst Du Dich entsinnen, ich habe Dir doch mal erzählt, dass ich in einer deutschen Selbsthilfe-Gruppe aktiv bin. Es wird großartige Arbeit geleistet, wir gehen auf die Medien zu, helfen den Opfern und tun, was wir können, damit das Thema publik wird.

Anna: Dana, hast Du immer noch nicht genug von diesen Gruppen?

Dana: Dies ist was anderes. Ich finde, dass wir da wirklich gute und konstruktive Arbeit machen und die Gruppengründerin ist echt eine tolle Frau, die sich durchsetzen kann.

Anna: Es freut mich für Dich, dass Du dort viel Spaß hast und sicherlich macht es Sinn für Dich.

Dana: Ich würde Dir gerne den Link zu der Gruppe schicken, dann kannst Du es selbst beurteilen. Ich für meinen Teil bin sehr stolz, etwas bewegen zu können.

Anna: Du weißt, was ich von diesen Dingen halte. Ich habe die Nase voll von den Gruppen und möchte kein Mitglied in einer weiteren sein.

Dana: Ja, ich weiß. Trotzdem würde ich Dir gerne den Link schicken. Du brauchst Dich da ja nicht anzumelden, alle Beiträge sind öffentlich und auch für Nichtmitglieder lesbar. Ich möchte es Dir einfach nur zeigen und würde gerne Deine Meinung hören.

Anna: Also gut, überredet. Her mit dem Link, ich schaue es mir bei Gelegenheit an.

* * *

Lieber Herr Samson,

ich verstehe nicht, warum Sie mir 5.000 Euro senden wollen.
Bitte, bitte, bitte, Herr Samson, retten Sie mich davor, ein Krüppel zu werden. Ich vermute, ich bin wie ein Sohn für Sie, so helfen Sie doch, dass ich mit der Frau zusammen sein kann, die ich so sehr liebe. Ich muss unbedingt gesund werden, damit ich zu Angela fliegen kann und mich um sie kümmern kann. Ich liebe Angela von ganzem Herzen. HELFEN SIE MIR, HERR SAMSON.

Abscheulich, wie er versucht, auf die Tränendrüsen zu drücken und die Formulare hat er auch nicht ausgefüllt. An der E-Mail angehängt ist eine Kopie eines sichtbar gefälschten Personalausweises. Samson ist stinksauer.

Mein lieber Freund David,

was spielst Du für Spiele mit mir. Dein netter Ausweis wurde von der Bank überprüft und für gefälscht befunden.

Zum anderen musst Du Dir mal angewöhnen, dass Du die Fragen meiner Mails beantwortest. Dr. Paul meldet sich überhaupt nicht mehr, der hat wohl auch kalte Füße bekommen. Unser Kapitän ist auf dem Wege nach Lagos.
Ich weiß nicht mehr was ich dem Kapitän funken soll, da sich der liebe Doktor nicht mehr meldet. Wann wirst Du aus dem Krankenhaus entlassen? Ich habe dem Doktor gemailt, dass in dem Mercedes Gepäckstücke sind, die dringend ausgeliefert werden müssen. Was ist los mit dem Chaoten?

Du hast unsere Familie schamlos belogen und betrogen. Mein Cousin General Camenbert von der Fremdenlegion ist bereits in Lagos und wird Dir einen Besuch abstatten. Auch unser Vetter Francesco Stiletto aus Palermo möchte Dir gerne eine Telefonbombe, Paketbombe und Autobombe zukommen lassen. Wenn ich Du wäre, würde ich ganz schnell abtauchen, unsere Beziehungen reichen auch bis Lagos. Verschiedene andere Herren wollen auch schon zu Dir, angefangen von Scottland Yard, FBI, CIA, BND, meine Schwiegermutter und Thomas Gottschalk. Sei froh, wenn Dich die Polizei vor meiner Schwiegermutter findet.

mit familiärem Gruß
Dein Pate Samson

* * *

Ich bin mit dem Layout des Forums fertig. Es muss nur noch mit Beiträgen und Leben gefüllt werden.

Dana: Uschi, wenn Du sagst, das ist so okay und für unsere Zwecke ausreichend, dann mach ich es am Wochenende fertig.

Uschi: Es ist einfach nur Klasse! Dana, wenn uns noch irgendwas einfällt und wir noch eine Rubrik brauchen, wird das schwierig? Als Rubrik hätte ich noch allgemeine Informationen. Ich möchte da so was wie "Woran erkenne ich einen Scam" im öffentlichen Bereich. Ich mach mir aber in einer ruhigen Minute mal Gedanken darüber. Mensch Mädchen - bist Du gut! Bild Dir was ein!

Dana: Man kann ständig neue Rubriken anlegen und bereits gepostete Beiträge auch verschieben. Man kann Bereiche einrichten für Leute, die gar nicht angemeldet sind oder die normale Benutzer sind oder Moderatoren oder Administratoren.

Uschi: Eine Moderatorenebene wäre gut - so zum Austausch oder wenn es darum geht, wer Zeit hat die Moderation zu übernehmen. Mach nicht so viel, denk auch mal wieder an Dich. Ich bin ganz angetan, es macht so viel Spaß! Ganz herzliches Dankeschön vorerst mal an Dich.

Dana: Okay. Wenn ich dich dann so richtig verstehe, dann werden wir dieses neue Forum nicht nur als Interna benutzen sondern komplett umziehen. Ich hoffe nicht, dass das Style des Forums, das "Last Crusade" heißt, blöd aufstößt. Das heißt nämlich „Der letzte Kreuzzug“.

Uschi: Dana, ich weiß und habe fürchterlich gelacht. Doch wenn ich darüber nachdenke, hat unsere Mission so etwas von einem Kreuzzug an sich. Es geht um reich gegen arm, wenn man es genau betrachtet. Ein Kreuzzug von uns gegen die kriminelle Energie aus armen Ländern, die ein Stück die Sklavengeschichte des vorvorherigen Jahrhunderts umdreht. Ein Stück Kreuzzug der Wut und Ohnmacht der armen Welt gegen die reiche Welt. Es ist ein Auswuchs verfehlter Entwicklungspolitik, der uns in voller Härte trifft. Dessen müssen wir uns auch bewusst sein. Doch soweit sind wir derzeit noch nicht - sondern noch meilenweit davon entfernt.

Dana: Ich freue mich wie ein kleines Kind sich über ein Weihnachtsgeschenk freut. Danke! Ich mache uns einen super Web-Auftritt.

Uschi: So kann man auch mit kleinen Sachen Kindern eine Freude machen. Weißt Du, alles Schlechte im Leben hat immer auch etwas Gutes. Ohne Deinen Kerl hätte ich Dich nie getroffen. Dafür danke ich ihm. Aber nur dafür.

* * *

Nach der Mail von Samson hätte ich eigentlich gedacht, es sei vorbei. Aber nein, es geht noch was:

Guten Morgen Herr Samson,
wie geht es Ihnen? Verstehe ich Sie richtig? Haben Sie gesagt, mein Pass sei gefälscht? Es tut mir leid, aber ich muss sagen, dass die Person, die Ihnen das gesagt hat, verrückt ist und nicht mehr alle beisam-

men hat. Warum um Himmels Willen sollte ich meine Identität fälschen? Ich habe keinen Grund dazu, denn Sie haben sich selbst angeboten, mir zu helfen. Sie waren wie ein Vater zu mir, wie eine Familie und wie der Retter in höchster Not. Ich bin nicht aus dem Krankenhaus entlassen und ich bin noch nicht operiert worden, weil Sie mir noch nicht helfen konnten.

Ich würde nie etwas tun, was ihrer Familie Schaden zufügen könnte, Herr Samson. Bitte, Patenvater, ich werde Dich nie enttäuschen. Mein lieber Patenvater, bitte hilf mir!
Dein Sohn David

Samson schlägt versöhnliche Töne an. Ich finde es erstaunlich, dass David noch nicht abgesprungen ist. Scheinbar trägt die schlechte Übersetzung der Konversation dazu bei, dass er noch immer alles für echt hält.

Mein geliebter Patensohn David,

was nimmst Du für böse Worte in den Mund. Wie kannst uns als Lügner und verrückt bezeichnen? Dein Ausweis wurde von dem staatsoberen Dienstaufsichtskontrollorgan, unter Mithilfe des BND, Amt für nichtssagende Aufgaben und den amerikanischen Bundesbehörden kontrolliert.

Als Zeichen Deiner Ehrlichkeit brauche ich ein Foto von Dir. Du hast doch bestimmt eine Digitalkamera oder ein Fotohandy.

Damit wir ganz sicher sind, sollst Du auf dem Bild ein Schild in der Hand halten, worauf steht: "ICH BIN EIN ELENDER HÜHNERDIEB UND GRÜSSE AN SD IN DEUTSCHLAND." Das ist doch für Dich eine Kleinigkeit.

Zum anderen musst Du den Job von Dr. Paul übernehmen. Er hat mir Leute zugesagt, die im Hafen von Lagos verschiedene Aufgaben erledigen. Kapitän Klaubär ist im Augenblick westlich der Canaren. An Bord sind ein Container mit medizinischen Geräten und ein Mercedes Lieferwagen. Mit dem Zoll ist alles bereits abgeklärt. Der Mitarbeiter im Hafen heißt Usman Bello. Er ist genauestens informiert. Der Lieferwagen muss noch eine kleine Fracht in Lagos abliefern. Mach nichts an dem Auto und nichts an der Seitenverkleidung der Türen und am Ersatzrad. Fahre kurz bei der Adresse vorbei, lass die Leute selber ausladen und dann fährst Du nach Hause. Nichtausführung oder eigenmächtiges Handeln kann tödlich sein, Du verstehst? Mit dem Auto kannst Du dann machen was Du willst.

Für den Überseecontainer benötigt ihr einen größeren LKW. Die Sachen sind ein kleines Vermögen wert, laut Zollangaben ca. 2.000000 Euro. Da Dr. Paul sich nicht mehr meldet, möchte ich Dich bitten die medizinischen Geräte an ein bedürftiges Krankenhaus auszuliefern.

Wenn Du alles zu unserer Zufriedenheit erledigst, bin ich Dir wieder wohlgesonnen und werden Dich in unsere Familie aufnehmen, wie einen verlorenen

Sohn und Dich reichlich belohnen. Wir erwarten in Kürze Deine Erfolgsmeldung.

Mit familiären Grüßen
Dein Pate Samson

* * *

SAT1 ist immer noch interessiert an dem Thema Romance-Scam. Ich habe lange Zeit überlegt und bin zu dem Entschluss gekommen, doch nicht vor die Kamera treten zu wollen. Ich habe kein gutes Gefühl, mich derartig zu präsentieren. Aber Uschi konnte andere Mitglieder der Gruppe motivieren.

Uschi: Es gibt Neuigkeiten und jetzt kann die Welt in der Gruppe einstürzen, Du brauchst diese Information, Dana. Ich habe mit dem Redakteur gesprochen. Er findet die bundeslandübergreifenden Zusammenhänge zwischen einzelnen Fällen sehr interessant. Da würde es nicht verwundern, wenn die Länderpolizei nicht reagiere und nur von Einzelfällen ausgehe. Hilde ist bereit, sich interviewen zu lassen und ich werde mit Informationen über die Hintergründe dazu beitragen. Wir werden nächste Wochen den Termin zum Dreh bei Hilde und bei mir vereinbaren. Wenn Du etwas unbedingt loswerden willst, was nicht untergehen sollte dabei, maile es mir und es wird dabei sein. Ich werde mich mit dem schon zoffen - 8 Minuten Sendezeit reichen einfach nicht.

Dana: Der Ansturm wird groß nach dem Beitrag, aber es wird hoffentlich nichts einstürzen. Wir werden unser

Bestes geben. Ich darf auf der Arbeit leider nicht mehr privat ins Internet. Also bin ich nur noch abends und am Wochenende einsatzbereit.

Uschi: Das ist gängige Praxis. Das machen viele Firmen schon seit Jahren.

Dana: Du bist die Beste, Uschi

Uschi: Danke für die Blumen Dana. Wenn der Beitrag über uns kommt, wird er so mitgeschnitten, dass wir ihn als Link auf die Seite stellen können.

* * *

Obwohl David immer noch mitspielt sind seine Einsätze zum Heulen schlecht. Zu den fantasievollen E-Mails von Samson fällt ihm nur schwerlich etwas Sinnvolles ein.

Mein lieber Vater,
es tut mir so leid. Wie kannst Du von mir erwarten, dass ich verstehe, was Du da schreibst? Ich verstehe Dein Englisch nicht, weil alle Deine Worte und Sätze verdreht sind. Es ist wirklich schwierig für mich, herauszufinden worum es geht. Sogar der Übersetzer, den Du benutzt, funktioniert nicht richtig. Ich habe keine Digitalkamera und auch keine Handykamera. Ich sende Dir aber ein paar Fotos von mir zu. Herr Samson, wenn Du mir helfen willst, dann rette mich bitte, damit ich bei Angela sein kann. Sie braucht mich so sehr!

Samson lässt den Hammer kreisen und stellt David vor die Konsequenz, dass es kein Geld geben wird, wenn er nicht mitspielt.

Mein lieber junger Freund,

das sind ja wunderschöne Bilder von Dir. Wenn ich nicht so schwul wäre würde ich mich sofort in Dich verlieben. Es wird doch irgendjemand in Deinem Bekanntenkreis geben, der eine Digitalkamera hat und schnell das Foto machen kann. Warum machst Du uns das Leben so schwer? Seit Stunden könntest Du das Geld schon haben, aber jetzt hast Du keine Kamera, das klingt alles sehr unglaubwürdig. So mein Freund letztmalig: Kein Bild, kein Geld. Ende der Diskussionen.

Liebe Grüße
Dein Vater Samson

* * *

Der Blick in die Gruppe am Morgen bringt neues Ungemach zum Vorschein. Uschi hat eine Mitteilung herausgebracht: *Heute hat sich ein neues Mitglied angemeldet. Anna aus Australien. Ich weiß, wer diese Frau ist. Sie ist eine sehr erfolgreiche Baiterin, die in Verdacht steht, mit einem Scammer zusammenzuarbeiten. Ich habe sie mit der Begründung abgelehnt, dass wir eine rein europäische Gruppe sind und weil ich verhindern möchte, dass die Scammer auf uns aufmerksam werden. Sollte sich Anna bei einem von Euch melden - bitte gebt kurz Bescheid, denn dann muss ich dafür Sorge tragen, dass die Gruppenseite permanent überwacht wird.*

Ich weiß sofort, wer gemeint ist. Anna aus Australien. Das ist meine Anna. Sie hat versucht sich anzumelden. Warum auch nicht? Schließlich habe ich ihr den Link gesendet. Aber woher kennt Uschi sie und wie kommt sie darauf, dass Anna mit einem Scammer zusammenarbeitet? Noch während ich nachdenke, spricht Uschi mich an.

Uschi: Es war eine harte Entscheidung, doch die Infos, die wir mühsam gesammelt haben - und die für unser Land gelten - gehen nicht an die Scammer zur Ausbildung! Dazu stehe ich. Auf der neuen Webseite sollten wir eine Neuerung einführen: Jedes neue Mitglied sollte ein paar Zeilen schreiben und begründen, warum es Mitglied werden möchte. Ich befürchte einen Angriff durch Scammer auf die Gruppe - nein, nichts Neurotisches - nur Erfahrungswerte, die in USA eben auch da sind. Und: Noch mehr Scambaiter wird es bei uns nicht mehr geben. Zusammenarbeit ja - aber kein Jagdgebiet für Baiter.

Ich bin immer noch verwirrt darüber, dass Uschi und Anna sich kennen. Außerdem hat Anna gesagt, dass sie schon ewig nicht mehr gebaitet hat. Ich glaube ihr, warum sollte sie mich anlügen? Es gibt keine Veranlassung dazu.

Dana: Sehr schade. Ich bin bereits seit längerem mit Anna in Kontakt. Woher hast Du die Information, dass sie mit Scammern zusammenarbeitet? Ich weiß, dass sie eine ehemalige Baiterin ist, aber ich weiß auch, dass sie sehr viele Hintergrundinformationen und Kontakte hat und ich bin mir nicht sicher, ob Deine Entscheidung die Richtige war. Aber Du bist der Chef.

Uschi: Ja - ich kenne Anna. Sie hat Richmond Richards für mich getestet. Ich habe diese Infos über die Scambaiter-Szene in Deutschland erhalten. Ich bin vorsichtig. Ich habe sie angeschrieben und um Aufklärung gebeten. Es gibt auf dieser Seite absolut kein aktives Baiting. Das habe ich mir geschworen, als ich angefangen habe und ich bleibe konsequent dabei. Ich kenne inzwischen drei Fälle aus den USA, aus der Baiter-Szene, wo es nach vielen Jahren erfolgreicher Arbeit genau so ablief, dass die Seiten gewechselt wurden und dadurch die Scammer-Szene indirekt ausgebildet wurde.

Was soll ich sagen? Mir fällt nichts ein. Anna ist für mich wie eine Freundin. Sie hat immer ein offenes Ohr für mich. Sie hat ihre ganz eigene Art mit den Scammern umzugehen. Sie bespielt sie auf einer faszinierenden Art und Weise – wie eine Katze mit einer Maus spielt. Auch mit einem David hat sie einmal gechattet. Es ist zwar nichts weiter dabei herausgekommen, er hatte sich wie ein Idiot benommen, aber immerhin ist sie weitergekommen als Lena, die gar keinen Kontakt aufbauen konnte. Ich kann nichts Schlechtes über sie sagen. Uschi unterbricht meine Gedankengänge.

Uschi: Noch etwas: ein Baiter bleibt Baiter - außer er wechselt die Fronten. Daher gibt es keine ehemaligen Baiter. Wenn sich eine langjährige Weggefährtin des

Baitens, die von Anna alles gelernt hat, von ihr abwendet, dann sagt das sehr viel. Es gab keine persönlichen Animositäten zwischen den beiden. Nur die Aussage: sie hat die Seiten gewechselt. Ich halte gar nichts davon, wenn ein ehemaliges Opfer die Seiten wechselt und aktiv baiten will - denn es zeigt eine gewisse Abhängigkeit zu den Scammern. Mir helfen Freunde aus meinem privaten Umfeld, all die Chats zu führen, die unter meinem Namen hier erscheinen. Ich selbst will und kann es nicht mehr ertragen.

Mir schwirrt der Kopf. Fronten wechseln? Von welchen Fronten ist hier die Rede? Anna war nie Opfer. Also hat sie keine Front zwischen Opfer und Scambaiter überschritten. Dann ist wohl die Front zwischen Scambaiter und Scammer die Rede, also zwischen denen, die die Betrüger jagen und auf den Arm nehmen und den Betrügern selbst. Ich verstehe nicht, warum Uschi ausgerechnet mir erzählt, dass sie es für falsch hält, dass ehemalige Opfer die Seiten wechseln und aktiv baiten und weiterhin Kontakt mit ihrem Scammer halten. Hat sie mir nicht höchstpersönlich gesagt, ich solle den Kontakt zu David nicht abbrechen und mich an Sven-Udo weitergereicht, damit David gebaitet wird? Ich kann mir diesen plötzlichen Sinneswandel nicht erklären. Wahrscheinlich bin ich wieder einfach zu blöd, um zu verstehen, was da vor sich geht.

Dana: Welche eigenartigen Kreise das Ganze zieht - und schwupps ist man in einer Sache drin, von der man überhaupt keine Ahnung hatte. Interessant, was hinten herum so alles läuft.

Uschi antwortet nicht. Ich bin durcheinander, habe das Gefühl, die Welt steht kurz vor dem Auseinanderbrechen. Habe ich wieder etwas falsch gemacht? Warum lässt sie mich so im Regen stehen?

* * *

Mein lieber Vater,
es tut mir vom Grunde meines Herzens leid, ich habe keine Kamera, vergib mir. Samson, wenn Du mir nicht mehr helfen willst, dann vergiss bitte das Geld und vergiss mich. Es tut mir so leid, bitte versuche nicht mehr, mir zu helfen. Gott segne Dich, mein Vater.

Das ist nicht mein David. Das ist ein heulendes Kind. Ich schäme mich so, auf diesen Jammerlappen reingefallen zu sein.

Mein lieber Sohn David,

wieso bist Du unfähig das Foto zu machen? Normalerweise machen Menschen für Geld alles, aber Du scheinst genug davon zu haben. Frag mal Dr. Paul oder die Schwestern, irgendjemand in dem Affenhaus muss doch eine Kamera haben! So dumm kann doch keiner sein! Ich stehe mit meiner Fracht in Lagos und weiß nicht wohin damit. Und das nur, weil sich alles um lumpige 760 Euros dreht. Hast Du Leute, die mir helfen könnten, die Fracht zu verladen? Der Mercedes Lieferwagen muss abgeholt werden und die Beu-

telchen in Lagos abgegeben werden. Die Waffen und den Sprengstoff holt Herr Usman Bello persönlich ab. Er hat die Papiere. Mein lieber David, wenn ich mein Geschäft mit Deiner Energie aufgezogen hätte, dann würde ich heute noch mit einem Bauchladen herumlaufen.

Dein wütender Pate Samson

* * *

Uschi schreibt einen offenen Brief an Anna.

Hallo Anna,
Du denkst sicher, man, ist das eine blöde Kuh. Immerhin hatten wir Kontakt und kennen uns von den Anti-Scammern.

Eines will ich klar stellen. Diese Gruppe ist für Opfer – und nur für Opfer. Zwar bin ich Mitglied bei Scambaiter Deutschland, aber ich bin nicht aktiv und ich erlaube nicht, dass hier gebaitet wird. Meine Begründung: Betrogene Menschen sind auf eine Art abhängig wie Alkoholiker. Sie sind allerdings nicht stoffgebunden abhängig, sondern personengebunden. Einem Alkoholiker hilft es nicht, wenn er einem anderen beim Saufen zusieht, davon wird er nicht trocken. Also muss er Saufhallen vermeiden. Genauso ist es bei Betrugsopfern. Wenn ein Opfer aktiv baitet, dann ist das ein Zeichen, dass das Opfer am Täter festhält. Zwar auf eine Art, die das Ganze ins Lächerliche zieht, aber tatsächliche Gewissheit können wir aber nur erlangen, wenn wir wissen, wer die Menschen hinter dem Fake-Foto sind und die Scammer werden einen Teufel tun, sich zu outen und uns ihre echten Bilder schicken, wenn sie nicht 1000prozentig sicher sind, dass sie uns bei der Stange halten können.

Ein Scambaiter hat mich informiert, dass Du Dich in einen Scammer verliebt hast. Ronnie O'Connor. Dieser Mann hat eine Frau aus Deutschland in seinen Krallen, die sich hilfesuchend an unsere Gruppe gewendet hat. Das bestätigt die Tatsache der latenten Abhängigkeit, die durch das Baiten aufrechterhalten wird.

Anna, ich habe nichts gegen Dich. Im Gegenteil, aber die Gruppeninteressen sind wichtiger als private und es hat höchste Priorität, dass die Menschen hier in der Gruppe sicher sind. Und unsere Arbeit hier darf nicht durch Scammerattacken gestört werden. Bisher sind wir relativ sicher – durch die Sprachbarriere, Du weißt, es gibt nicht viele Menschen in Nigeria, die deutsch sprechen. Diesen Vorteil müssen wir nutzen, um das Bild des Scamming-Prozesses in Öffentlichkeit hier in Deutschland zu ändern. Man denkt hier, dass Heiratsschwindel ein Kavaliersdelikt ist. Dazu die Tatsache, dass die Arbeit der Polizei in Deutschland Ländersache ist. Jeder kocht sein eigenes Süppchen, daher gehen immer nur Einzelfälle in die Statistik ein und werden als Kleinigkeit abgetan. Du bist seit Ewigkeiten nicht mehr in Deutschland gewesen und Deine Kenntnisse der hiesigen Verhältnisse sind veraltet. Es hat sich viel verändert. Mir ist es wichtig, in jedem Land in Europa einen Ansprechpartner zu etablieren, der die Situation in seinem eigenen Land sehr gut kennt, damit die Menschen in ihrer Muttersprache ihre Sorgen loswerden können. So werden wir irgendwann, in ferner Zukunft, einen gemeinsamen, europäischen Verbund haben. Ja, ich bin stur, aber das ist das Ziel, das ich verfolge und jedwede Scammerattacke auf diese Gruppe wird den Weg an dieses Ziel verzögern.

Du siehst, ich bin bereit, mit Dir zu diskutieren. Doch meine Ziele und Regeln stehen fest. Daran lasse ich nicht rütteln.
Alles Liebe
Uschi

Wo bin ich hier hineingeraten? Was um Himmels Willen habe ich getan? Oh verdammt, hätte ich Anna nur nie den Link zu der Gruppe gegeben! Aber es lässt sich nicht mehr rückgängig machen, so sehr ich es mir auch wünsche, die Zeit um drei Tage zurückzudrehen. Ich sehe auf die Uhr. Oh, nochmal verdammt, ich komme zu spät zur Arbeit, jetzt aber los.

* * *

Mein lieber Vater,
vielen Dank für Deine E-Mail. Ich habe Dir schon mehrmals gesagt, ich habe keine Kamera und ich habe auch schon die Doktoren gefragt. Aber sie sagen, sie haben keine. Ich weiß nicht, was ich tun soll. Ich

habe mein Bestes getan. Ich bin so frustriert, wie die Dinge sich entwickelt haben.
Vater, wo ist das Schiff jetzt? Wenn da Sprengstoff und Waffen sind, weiß ich nicht, was ich damit tun soll. Mein lieber Vater, was soll ich mit dem Sprengstoff und den Waffen tun? Ich denke, ich würde alles für Dich tun. Bitte antworte schnell.
David

Samsons Mails sind wirklich skurril. Wo wird das noch hinführen?

Mein geliebter Patensohn,

mein Schiff trifft morgen in Lagos ein. Den genauen Liegeplatz der PANKER MARIA teile ich Dir noch mit, sobald ich Informationen habe. Um die Waffen und den Sprengstoff brauchst Du Dich nicht zu kümmern, die holt Usman Bello persönlich ab. Er hat nur die Autopapiere für Dich und die genehmigten Zollpapiere für den Container. Usman Bello gibt Dir dann auch noch die Adresse in Lagos, wo Du kurz mit dem Mercedes hinfahren musst. Die weißen Beutelchen werden an der Adresse von den Bewohnern selber entladen, darum brauchst Du Dich auch nicht zu kümmern.
Wenn alles draußen ist, dann gehört der Lieferwagen Dir.
Wenn Du die medizinischen Geräte nicht verschenken willst, dann kannst Du sie auch verkaufen, wir haben sie sowieso schon abgeschrieben. So mein Sohn, um das Geld mach Dir keine Gedanken, das

kommt. Ich muss nur noch eine entsprechende Western Unionbank finden, die mir das Geld abnimmt. Was sind das eigentlich für Fragebögen, die man da ausfüllen muss? Ich kenn mich mit dieser Art von Geldwaschen nicht aus. Aber ich versuche es.

Dein Patenonkel Samson

* * *

Hier auf der Arbeit sitze ich wie auf heißen Kohlen. Mit Anna kann ich über den Messenger keinen Kontakt aufnehmen. Ich darf nicht privat ins Internet, aber wenigstens möchte ich wissen, was los ist. Nach 5 Stunden gehe ich online wage ich einen Blick in die Gruppe. Anna hat inzwischen geantwortet.

Liebe Uschi,
ich habe mich aus Neugierde angemeldet und wäre nicht aktiv geworden, außer, man hätte mich um Hilfe gebeten.
Ich weiß, wo die Gerüchte über mich herkommen, aber ich brauche mich nicht rechtfertigen, nicht vor Dir und nicht vor Deiner Gruppe. Wer mich kennt, der weiß, dass ich eine Person mit Anstand bin.
Ich wurde von einem Mitglied einer anderen Gruppe gebeten, einem Mitglied Deiner Gruppe zu helfen. Ich tat dies, wenn auch ungern. Das Mitglied weiß, wer sie ist und sie kann dies bestätigen.
Ich sympathisiere weder mit Scammern noch mit Opfern. Findest Du das merkwürdig? Sobald wir wissen, mit wem wir es zu tun haben, dann müssen wir ver-

nünftige und eigenverantwortliche Entscheidungen treffen. Ich halte nichts von diesen „Kuschel-Gruppen“, die uns pampern und uns unsere Entscheidungen abnehmen. Was das Scambaiting betrifft, ich habe es lange Zeit gemacht und war auch richtig gut. Aber ich habe mich davon abgewendet, es ist so uneffektiv und am Ende ist es nicht nur die Zeit des Scammers, die vergeudet wird, sondern auch meine eigene. Meine Zeit ist mir wichtig, ich habe ein Leben und ich will es nicht verschwenden, indem ich Stunde für Stunde mit Scammern über unsinnige Dinge rede. Ich baite nur noch, wenn ich damit jemanden einen persönlichen Gefallen machen kann und wenn man mich wirklich sehr nett fragt.

Und ja, O'Connor ist ein Freund von mir und ich räume ein, dass er vermutlich ein Scammer ist, aber ich bin so weit weg davon, verliebt in ihn zu sein, das ist einfach nur lachhaft.
Ich hasse diese Dramen hier im Internet und sie nehmen kein Ende. Lehne ruhig meine Mitgliedschaft ab, es interessiert mich nicht, es ist Dein Verlust, nicht meiner. Ich wünsche Dir viel Glück und ich hoffe, Du erreichst alles, was Du Dir vorgenommen hast.
Alles liebe an Dich und alle Mitglieder der Gruppe.
Anna

Abends zurück zuhause muss ich mich erst einmal sortieren. Es ist alles so kompliziert! Wer ist Ronnie O'Connor? Den Namen habe ich noch nie gehört. Das Mitglied, von dem Anna spricht, das bin ich. Ich komme nicht weiter. Woher kennen die sich alle?

* * *

Lieber Vater,
wer ist Usman Bello und wie kann ich Kontakt mit ihm aufnehmen? Ich will nur sicher gehen, dass alles richtig ausgeführt wird für Dich und mit der Ladung. Wann genau wird Kapitän Klaubär morgen ankommen? Mach Dir keine Sorgen, ich werde alles für Dich erledigen. Soll ich Dir nochmal meine Details für Western Union nennen, damit Du mir das Geld senden kannst? Um wieviel Uhr gehst Du heute zur WU-Bank? Mein Vater, ich werde alles so abwickeln, wie Du es wünscht.
Dein David

Mein lieber Sohn David,
danke, dass Du mich nicht in Lagos im Stich lässt. Usmann Bello ist im Hafen von Lagos. Wenn Kapitän Klaubär einläuft, ist er sofort am Schiff und ist auch noch behilflich beim entladen. Er ist genau informiert und wird Dich ansprechen. Er hat auch noch ein bisschen Geld für Dich dabei für die Unkosten Benzin, Essen und sonstiges. Was ist nun mit den Formularen von WU? Schicke mir die Formulare ausgefüllt schnell zurück, damit ich das Geld heute noch einzahlen kann.

Liebe Grüße von Deinem Patenonkel Samson

* * *

Ich muss mit Anna reden. Mein Kopf ist voll, ich weiß nicht, wo mir das Wasser steht, wahrscheinlich bis zum Hals.

Dana: Ich weiß überhaupt nicht was los ist. Was für ein Schlamassel. Hätte ich gewusst, was das alles nach sich zieht, hätte ich Dir den Link nicht gegeben. Warum ist denn alles so furchtbar kompliziert. Ich habe nicht gewusst, dass Du Uschi kennst. Es tut mir so leid, ich hoffe, wir sind trotzdem Freunde.

Anna: Und ich habe nicht gewusst, dass sie Deine Gruppe anführt. Hätte ich es gewusst, hätte ich mich in keinem Fall angemeldet.

Dana: Wer ist O'Connor? Ein Scammer?

Anna: Jemand, mit dem ich hin und wieder chatte. Ich weiß nicht, ob er ein Scammer ist und ganz ehrlich, es kümmert mich nicht solange ich Spaß habe. Ich füge niemanden Schaden zu und ich brauche auch niemanden um Erlaubnis fragen.

Dana: Natürlich nicht. Ich habe diesen ganzen Stress satt. Ich möchte einfach nur helfen, aber irgendwie tappe ich immer von einer Stolperfalle in die nächste. Dieses Internet ist ein Sumpf menschlicher Abartigkeiten.

Auch mit Uschi muss ich sprechen. Vielleicht kann ich noch mehr Unglück abwenden.

Dana: Der Teil, den Anna von mir erzählt hat, dass stimmt. Ich kam damals zu einer kleinen geschlossenen amerikanischen Selbsthilfegruppe und die Co-Ownerin der Gruppe hatte mich zu Anna geschleppt, die mich zuerst gar nicht kennenlernen wollte, dann sind wir aber doch ins Gespräch gekommen. Und so nahm alles seinen Verlauf... Ich weiß nicht, woher Du Deine Informationen hast.

Uschi: Dana, die Informationen über Anna habe ich von einem Scambaiter in Amerika. Es ist mein Grundsatz von Anbeginn an, keine aktiven Baiter in der Gruppe zu haben. Ich bin ein Mensch, der sagt, was er denkt und meint, was er sagt.
Ich werde meine kostbare Zeit nicht mit Diskussionen verschwenden, die zu nichts anderem führt außer zu Ärger und Instabilität innerhalb dieser Gruppe. Das muss ich vermeiden.

Ich bin verwirrt. Wir haben doch selbst noch Scambaiter in der Gruppe: Sven-Udo und ein weiteres Mitglied.

Dana: Aber unter unseren Mitgliedern sind zwei Scambaiter.

Uschi: Das weiß ich. Und beide halten sich an den Kodex der Seite.

Dana: Ich verstehe...

Mir ist unbegreiflich, wie verflochten und verwoben die ganzen Situationen und Menschen hier im Netz sind. Wem kann man überhaupt noch trauen? Eigentlich niemanden, oder? Wenn ich daran denke, wie naiv und vertrauensvoll ich noch vor kurzer Zeit gewesen bin, auch noch nachdem ich von dem Scam wusste und dadurch mit allen möglichen Menschen in Kontakt kam. Ich kann mich glücklich schätzen, wenn ich glimpflich davon komme.

* * *

Mein lieber Vater,
danke für Deine E-Mail. Darf ich bitte fragen, was das für merkwürdige Western Union Formulare sind? Ich habe sowas vorher noch nie gesehen und ich arbeite seit 5 Jahren mit WU.
Dein Sohn David

Samson bekommt langsam die Krätze.

Mein lieber Sohn,

was ist denn nun schon wieder unklar? Der Bankier sagte mir, das wären die neuen Europäische Union Fragebögen für Terroristen und andere Geldwäscher, für Zahlungen außerhalb der EU in afrikanische Länder, da dort so viele Betrügereien ablaufen. Wenn wir jetzt noch 10 Mails hin und her schicken, dann ist der Tag schon bald wieder vorbei und wir kommen nicht voran. Fülle die Formulare aus, schick sie mir zurück und gut ist.

Dein immer noch wütender Pate Samson

* * *

Ich erhalte eine automatische Nachricht aus der Gruppe, dass mein Status von Moderator auf Mitglied herabgesetzt wurde. Gott sei Dank! Uschi hat ein Einsehen und nun wohl doch gemerkt, dass ich nicht die Richtige für den Job bin. Erleichtert spreche ich sie an:

Dana: vielen Dank dafür. Du hast ja gewusst, dass ich mich in der Rolle des Moderators nie wirklich wohl gefühlt habe. Ich habe gestern nochmal mit Anna gesprochen und habe ihr gesagt, dass ich mich komplett raushalte und auch nichts mehr von hören will. Der Ärger und all die heftigen Reaktionen schockieren mich. Ich hoffe, dass ich, obwohl ich nicht mehr Moderator bin, trotzdem an unserem Forum weiterbauen darf.

Uschi: Es ist für mich sehr schwierig, eine Entscheidung für das Forum zu treffen. Ich habe Dich schätzen gelernt und bin durch die beiden Vorfälle mit Samson und Anna, die durch Dich verursacht wurden, sehr betroffen. Lass Dir und mir die Zeit und Ruhe zu überlegen, wie wir weiter vorgehen.

* * *

Vater,

Dieses ganze Gerede über Terroristen macht mir Angst. Wenn Du mir helfen willst, dann tue das bitte, wenn nicht, dann behalte Dein Geld. Ich will nicht Teil einer terroristischen Vereinigung sein!

David

Mein lieber David,

von welchen Terroristen redest Du? Bist Du ein Terrorist?
Mein Gott das ist ja ganz tragisch. Warum hast Du nicht früher was gesagt, unsere Familie hätte Dich da rausgeholt.
Doch hoffentlich nicht bei Osama bin Laden? Also jetzt schlägt es dreizehn. Mit Terrorisnus will unsere Familie nichts zu tun haben. Was machen wir denn jetzt mit Dir? Wenn das rauskommt, sind wir erledigt.
Was ist mit den Formularen ich habe um 16.00 Uhr den Termin auf der Bank. Beeile Dich.

Gruß Dein Patenonkel Samson

* * *

Warum tut Uschi so, als sei alles meine Schuld? Das kann und will ich so nicht auf sich beruhen lassen. Ich habe das Gefühl, mich noch einmal erklären zu müssen.

Dana: Du weißt doch noch, dass ich vor einigen Wochen gesagt habe, dass ich meinem Scammer eine auswischen wollte. Dann hattest Du mich an Sven-Udo verwiesen und der hat mich ins Scambaiter-Forum geschickt. Die Konversation davon hast Du bestimmt noch. Dort im Forum hat Samson sich angeboten, mir zu helfen. An Anna bin ich vor längerer Zeit durch eine andere Gruppe gekommen. Ich wusste einfach nicht, was für Auswirkungen es hat ihr den Link zu unserer Gruppe zu geben und welche Rolle sie spielt. Ich bin durch Unkenntnis in diese Lage geraten und es tut mir sehr leid, Unruhe ins Forum gebracht zu haben. Und ich möchte mich hiermit in aller Form dafür entschuldigen.

Uschi: Dana, es ist leider so, dass es viele Menschen bei den Scambaitern gibt, die diese Schiene der Nötigung und der Erpressung fahren. Es sind Mechanismen, die denen der Scammer ähneln. Wenn Menschen von diesen Mechanismen befreit werden sollen, um das Scamming Erlebnis zu verarbeiten, haben solche Spielchen keinen Platz auf dieser Seite. Wer sich eher den Baitern zugezogen fühlt - soll sich dort wohl fühlen. Dana, es ist der 2. Vorfall innerhalb kurzer Zeit, der durch Deine Kontakte zu Baitern hier zu Verwirrung führte. Nochmals: Es sind traumatisierte Menschen, die durch solche Aktionen, die ein kranker Scambaiter verursacht, sehr stark erneut verunsichert wurden. Menschen, die den mühsamen Weg gehen, wieder zu irgendwem oder irgendwas Vertrauen zu fassen. Solche Störungen sind kontraindiziert und müssen konsequent vermieden werden, wenn notwendig über einen Ausschluss. Ich habe die Entscheidung Deines Ausschlusses nicht eigenmächtig und allein getroffen, sondern alle Unterlagen, die ich über diesen Fall hatte, kommentarlos aneinandergereiht und allen Mitgliedern - außer Dir - per Mail zugesandt und die Mitglieder abstimmen lassen. Hier das Ergebnis: 55 % für Deinen Ausschluss und 45% unentschieden, weil bis zur Stunde die Antwort auf dieses Mail von ein paar Mitgliedern fehlt. Störungen irgendwelcher Art werde ich genauso konsequent ablehnen, wie bisher auch. Das sind die Regeln - Regeln, die ich mir selbst gegeben habe und zu denen ich stehe. Unverrückbar, weil es ein Ziel gibt. Dass auf dem Weg zum Ziel Störungen vorkommen, ist mir aus meiner früheren Tätigkeit bekannt. Schwierigkeiten sind dazu da, sie zu lösen. Und für die Gruppe sind sie so zu lösen, dass die Gruppenmitglieder nicht gestört oder verunsichert werden, selbst wenn mir das menschlich gesehen weh tut. Du sollst wissen, wenn Du für Dich die Entscheidung getroffen hast, entweder zu baiten oder entweder auf der Helferseite der Opfer zu stehen, dass Du in mir immer ein offenes Ohr finden wirst. Dir alles Gute.

Ausschluss? Wovon redet Uschi? Ich verstehe nicht. Stattdessen versuche ich mich auf der Gruppenseite einzuloggen. Es geht nicht.

Ich bin kein Mitglied mehr. Ich bin entsorgt worden. Einfach so. Raus. Aus und vorbei.

* * *

Lieber Vater,
Du sagtest was von Terroristen mit Waffen und Sprengstoff. Du sagtest, es sei in der Ladung. Ich glaube, wenn Du mit Waffen handelst, dann hat das mit Terrorismus zu tun und, mein lieber Vater, ich habe Angst. Meine Eltern und meine Familie kamen bei der Attacke auf das World Trade Center am 9/11 in

New York ums Leben. Herr Samson, ich fürchte mich so sehr...

Dies ist das letzte Lebenszeichen von David. Samson versucht sein Bestes, um David zum Weitermachen zu bewegen, aber er meldet sich nicht mehr. Vermutlich hat er kalte Füße bekommen. War es das jetzt? Und was nun? Was ist aus meinem Vorhaben geworden, David das Handwerk zu legen, herauszufinden, wer er wirklich ist? Ich fühle mich irgendwie im luftleeren Raum hängen gelassen.

Es ist zwei Wochen her, seitdem Uschi mich aus der Gruppe geworfen hat. Ein Gefühl der Orientierungslosigkeit folgte und der Frust und die Wut fressen mich auf. Aber es gibt nichts, was ich tun kann, der Kontakt ist abgebrochen. Hin und wieder gehe ich noch auf die Gruppenseite und lese mit, was dort geschrieben wird, aber auch hier hänge ich in der Luft, kann nichts mehr schreiben noch mich in irgendeiner Form einbringen. Ich kann mich nicht damit abfinden, die Dinge als gegeben hinzunehmen und so zu tun, als ob das letzte halbe Jahr nicht passiert wäre. Ich möchte mich nach wie vor in diesem Bereich betätigen. Ich treffe auf Peter aus der englischsprachigen Gruppe von Lena. Dort basteln sie gerade an einer Youtube-Kampagne, um auf das weltweite Problem der Nigeria-Connection aufmerksam zu machen und natürlich auch, um auf die eigene Gruppe aufmerksam zu machen. Eigenartigerweise ist dort in der Gruppe bereits bekannt, dass ich aus der deutschen Gruppe rausgeflogen bin. Die Buschtrommeln funktionieren also immer noch einwandfrei, auch über den Ozean. Peter fragt mich, ob ich nicht Lust hätte, wieder in der Gruppe einzusteigen und bei der Kampagne mitzuhelfen.

Sicher habe ich Lust. Was sollte ich auch sonst machen? Ich schlage vor, dass ich ein Youtube-Video in deutscher Sprache erstelle, dass besondere auf den Bereich Romance-Scamming eingeht.

Das Video ist relativ schnell erstellt. Inzwischen besitze ich eine Web-Cam und nach einigen Trockenübungen habe ich das Video im Kasten. Es ist nicht schön und sicher auch nicht besonders einfallsreich. Ich habe mich vor die Cam gesetzt und den Text dazu wie eine Nachrichtensprecherin verlesen. Aber es kommt ja auf die Botschaft an und weniger auf das Bild, oder? Den Text habe ich zusammen mit Peter verfasst, er geht wie folgt:

„Hi, ich bin Dana aus Deutschland. Ich bin gebeten worden, ein Video zu erstellen zu Thema Romance Scamming.

Es geht hierbei um Internetbetrug, bei dem Betrüger in Kontakt- und Singlebörsen auftreten, auf der Suche nach potenziellen Opfern, zu denen erst ein emotionales und romantisches Band geknüpft wird und nach einigen Wochen muss der geliebte Mensch dann beispielsweise beruflich ins Ausland und dort ereilen ihm oder auch seinem Kind furchtbare Unglücksfälle. Er ist dann nicht in der Lage, diese finanziell abzudecken und bittet inständig um Hilfe. Es gibt so viele verschiedene Geschichten und Dramen die zum Teil gut inszeniert sind. Hat man sich vorher in diesen Menschen verliebt, dann überwiegt das Gefühl, helfen zu müssen und alle Alarmglocken die der Verstand läutet, werden dann ignoriert.

Ich kann ein Lied davon singen, da ich diesem Betrug selbst zum Opfer gefallen bin.

Es wird auf jeden Fall Zeit, dass dieses Problem in Deutschland mehr ins öffentliche Rampenlicht gestellt wird. Der deutschsprachige Raum war lange Zeit nicht so stark betroffen wie der englische Sprachraum, da die meisten Romance Scammer aus dem Ausland - vorzugsweise aus westafrikanischen Ländern oder auch aus den ehemaligen Ostblockstaaten kommen.

Es ist sicher kein Zufall, dass Du Dir dieses Video anschaust. Daher habe ich hier einige Stichpunkte für Dich:

- Hast Du auf einer Dating Seite jemanden kennengelernt, mit dem Du dich auf Englisch unterhältst, da er oder sie aus dem Ausland stammt? Beispielsweise USA, Großbritannien oder auch aus Afrika?
- Hat sich Deine neue Bekanntschaft sehr schnell in Dich verliebt?
- Du wirst sehr schnell mit Kosenamen angesprochen: Honey, Baby, Sweety, my Love
- Es hört sich alles so wunderbar an und ihr passt perfekt zusammen.
- Die Vorsehung, das Glück hat euch zusammengeführt und es scheint ein besonderes Band zu sein, das euch schicksalshaft verbindet.

- Er oder sie schickt Dir zwar Bilder, mag sich aber nicht per Webcam zeigen.
- Er oder Sie hat keine Verwandte mehr. Die Eltern sind meist verstorben, Geschwister gibt es nicht. Möglicherweise ist noch ein Kind vorhanden, für das gesorgt wird.
- Es gibt aus irgendwelchen Gründen keinen Freundeskreis.
- Oftmals ergeben sich Diskrepanzen in seiner oder ihrer Geschichte, wenn Du genauer hinterfragst, manchmal werden Fragen auch einfach ignoriert.
- Oft bricht die Internet-Verbindung deines Gegenübers einfach ab während des Gespräches.
- Der oder die Liebste reist wenige Wochen nach dem Kennenlernen Richtung Afrika oder befindet sich bereits dort. Dies geschieht in der Regel aus beruflichen Gründen.
- Nach der beruflichen Reise möchte er Dich möglicherweise besuchen.
- Aber soweit kommt es nicht, denn dort schlägt das Unglück zu und die Bargeldmittel reichen nicht mehr aus.
- Du wirst gefragt, ob Du aushelfen kannst. Es wird dir hoch und heilig und beim Allmächtigen geschworen, dass Du das Geld zurück bekommst.
- Du wirst gebeten, das Geld per Western Union oder per Moneygram zu übersenden.
- Wenn Du dem nicht nachkommst, dann wird dir gesagt, dass du ihn oder sie nicht mehr liebst, wie verletzend du bist und dass dir das Schicksal deiner Liebe egal ist.

Dies alles sind typische Merkmale für einen Romance Scam. Einen Betrug, dem Du gerade zum Opfer fällst. Bewahre Dein Herz und Dein Geld. Verschicke niemals Geld per Western Union oder Moneygram an Menschen, die du nie persönlich kennengelernt hast. Informiere Dich erst. Es gibt verschiedene Gruppen, die dieses Thema angehen, meistens englischsprachig. Ich selbst bin Mitglied in einer kleinen geschlossenen Yahoo Gruppe. Alles was dort geschrieben wird, gelangt nicht an die Öffentlichkeit und es hat mir ein Gefühl der Sicherheit vermittelt, dass ich weiß, dass mein Scammer nicht mitlesen kann.

Wenn Du mehr Informationen über dieses Thema benötigst, dann nehme gerne Kontakt mit mir auf.

Bis dahin - bewahre Dein Herz und pass bitte auf dich auf."

* * *

Gestern Abend habe ich das Video bei Youtube hochgeladen. Es ist Samstagmorgen und ich bin glücklich, dass ich mich überwunden habe und an die Öffentlichkeit gegangen bin. Endlich habe ich etwas Eigenes geschaffen. Es ist nicht viel, aber ein kleiner Anfang, um den Menschen dieses Thema nahezubringen. Mit einem Hochgefühl öffne ich meinen Youtube-Account. Die ersten Kommentare sind eingegangen. Ich kann sehen, aus welchen Ländern sie gekommen sind. Als ich mich den Texten zuwende, ist meine gute Laune mit einem Schlag verschwunden.

Maggie141C, Deutschland: So sieht eine Verräterin aus. Eine Frau, die Mitglied in verschiedenen Romance-Scam-Gruppen auftritt. Eine Frau, die eine deutsche Romance Gruppe an einen Scammer mit dem Pseudonym Ronnie O'Connor verraten hat. Diese Information kommt vom Scammer selbst! Oder soll ich sagen der Scammer von Dana namens Oshati? Oder soll ich sagen Shaga Okele wie er mit richtigem Namen heißt? Mir liegen die Original-Chats mit O'Connor vor, in denen er explizit Deinen Namen Dana und Angela und eine weitere Mailadresse nennt.

Oh Mann, das kann nur Uschi sein. Wer sonst sollte sowas schreiben? Sie hat noch einen Kommentar mit gleichem Inhalt auf Englisch geschrieben. Verdammt, ich kenne keinen O'Connor! Diese Original-Chats würde ich gerne sehen. Ist mein David dieser O'Connor? Aber er kennt mein Pseudonym „Dana" nicht. Ich stehe völlig auf dem Schlauch.

Der nächste Kommentar kommt von Peter aus der englischsprachigen Gruppe. Er springt für mich in die Bresche und verteidigt mich:

Peter, USA: Maggie141C, Deine Meinung kümmert mich nicht, dies ist meine Freundin und ich kenne sie seit Monaten. Ob Du es nun magst oder nicht, dieses Video ist dafür gemacht, um Menschen zu helfen, die betrogen wurden. So Maggie, hänge Deine schmutzige Wäsche woanders auf. Dana ist eine großartige Frau und ja, ich kenne ihren richtigen Namen. Kümmer Dich um Deinen eigenen Mist und lass uns in Ruhe. F.U.!

Ich bin dankbar für Peters Kommentar, aber irgendwie macht es das nicht besser. Ich lese weiter.

milehighlucie, USA: Was zur Hölle soll die ganze Aufregung? Glaubt irgendjemand, diese Schlampe erzählt uns hier was Neues? Das sind ALTE Neuigkeiten. Macht die Augen auf, diese Videos gibt es wie Sand am Meer.

Withsnowflower, Australien: Dana, oder wie auch immer dein Name ist. Ich kenne dich unter vielen verschiedenen Identitäten. Kann es sein, dass du scammer-süchtig bist? Du turnst in vielen Foren und verschiedenen Seiten rum und willst hier irgendwelche Leute informieren? Das ist schlecht. Sieh zu, dass du mit dem realen Leben zu Recht kommst.

Wer ist Withsnowflower aus Australien? Ich kenne nur Anna aus Australien. Hat Anna das geschrieben? Ich kann nicht mehr weiterlesen. Die Welt um mich verdunkelt sich, eine dichte Nebelwand trifft mich mit voller Wucht aus dem Nichts, plötzlich und unerwartet. Alles verschwimmt vor meinen Augen und mit einem leisen Schluchzen breche ich zusammen. Ich ergebe mich dem Nebel aus Verzweiflung und abgrundtiefer Traurigkeit, der mich schier überwältigt. Sie haben es geschafft. Ich bin gebrochen.

***

Die Tage ziehen dahin. Ich habe meinen Appetit verloren und alles fühlt sich grau und trostlos an. Einen Tag nach meinem Zusammenbruch habe ich das Youtube-Video gelöscht. Es ist darauf nicht nur mein Gesicht zu sehen, in den Kommentaren ist auch mein echter Name genannt worden. Zwar hätte ich die Kommentare löschen können, aber ich denke, es ist egal, was ich mache, der Name Dana Wahr ist verbrannt und ich werde von allen Seiten beschimpft, sollte ich noch einmal irgendetwas von mir gebe. Der Kontakt zu David besteht nicht mehr und es gibt nichts, was ich online noch tun könnte. Einmal noch werde ich ins Netz gehen und virtuellen Selbstmord begehen. Dana Wahr soll nach meinem Willen nicht mehr leben. Ich werde sie löschen - in jeglicher Form, so als hätte sie nie existiert.

* * *

Nach vielen Stunden im Internet stellt sich mein Unterfangen, mich unsichtbar zu machen und alles, was Dana je geschrieben hat, zu löschen, als undurchführbar heraus. Meine Beträge in den verschiedenen Foren werden bis zum Sankt Nimmerleinstag stehen bleiben. Im Scambaiter-Forum spreche ich den Administrator an, aber auch er sagt, es gibt keine Funktion, mich zu löschen. Man könne mich nur aus dem Forum ausschließen, aber warum sollte man das tun, ich habe mir nichts zuschulden kommen lassen.

Lustlos drehe ich meine Kreise im Scambaiter-Forum und lese mich von Beitrag zu Beitrag. Alles hier hat seinen Sinn verloren. Soll diese hier jetzt Geschichte so elendig enden? Mein Pseudonym Dana hat ihren guten Ruf verloren, und wird sich damit abfinden müssen als Ruine in den Weiten des Cyberspace zu versacken. Trübsinnig komme ich zu einem Beitrag, der meine Aufmerksamkeit auf sich zieht. Er ist von einem Scambaiter gepostet worden mit dem Hinweis, dass die folgende E-Mail laut IP aus Nigeria versendet worden ist:

Betreff: Bitte heirate mich!
Ich brauche eine Frau! Wirklich sehr dringend. Außerordentlich dringend. Ups, das sagte ich bereits. Aber es ist wahr. Ich möchte sie umsorgen und verwöhnen. Ich werde sie nie vernachlässigen und werde alle ihre Probleme verstehen und zwar auf eine sehr persönliche und erfahrene Weise, weil ich ein Mann mit tiefen Gefühlen bin.
Möchtest Du Dich wie Maria Stuart fühlen? Dann bist Du bei mir am richtigen Platz. Wir können zusammen kochen, ich liebe gutes Essen, aber meine Inspiration für neue Gerichte ist verlorengegangen. Ich werde Dir beim Kochen helfen oder aber wenn Du niemand anderen in Deiner Küche haben möchtest, dann macht es mich glücklich, die Getränke zu kredenzen oder den Wein einzuschenken und Dir beim Kochen Gesellschaft zu leisten.
Ich werde arbeiten und das Geld nach Hause bringen, Du wirst Dir nie wieder Sorgen darum machen müssen. Du bleibst einfach zuhause (oder auch nicht, es ist Deine Entscheidung) und machst es Dir gemütlich. Bitte bringe Deine Kinder mit in unsere Beziehung, je mehr desto besser. Wir können abends lange aufblei-

ben und uns über Bücher, Poesie, Musik, Politik und Gott und die Welt unterhalten. An deinem Küchentisch werden wir Komplotte schmieden und Regierungen stürzen. Ich werde Dir Dein Bad einlassen und Dir Deine Fußnägel lackieren. Wir können uns unsere Kleidung und Schuhe teilen. Unsere Wäsche wird sich verdoppeln wenn wir zusammen sind. Ist das nicht einfach großartig?
Wenn Du Deine Periode hast, bleibst Du einfach im Bett und ruhst Dich aus, ich werde Dir süße Honigkekse backen und Dir alles an Dein Bett bringen, was Dein Herz begehrt. Ich werde Deine Füße massieren und aufpassen, dass die Kinder Dich nicht stören.
An den Wochenenden werden wir alles tun, woran Du Spaß hast – Picknick, Wandern, Spaziergänge am Strand, ins Kino gehen, Du musst nur sagen, was Dir gefällt. Wir werden uns einen Babysitter zulegen und ausgehen, trinken, tanzen, was immer Du liebst. Nur bitte sei meine Frau.
Ich liebe Dich für immer
Stanley

Ich lese die E-Mail ein zweites Mal um dann in berstendes Gelächter auszubrechen. Das ist so wahnsinnig komisch. Er wird mir die Fußnägel lackieren und Kekse backen, wenn ich meine Tage habe. Und am beklopptesten ist, dass wir unsere Wäsche teilen werden. Nachdem ich mich von meiner Lachattacke erholt habe, kribbelt es mir in den Fingern. Es kribbelt so sehr, es hält mich kaum auf der Couch. Ein Scammer mit Humor! Jetzt fängt es an in meinem Nacken zu kribbeln. Den muss ich mir greifen, das ist mein Mann für die nächsten Wochen!

Ich werde mir einen Mentor im Forum suchen, vielleicht hat Samson ja Lust, mir mit Rat beiseite zu stehen. Jetzt weiß ich, was ich werden will. Ich werde Scambaiter und irgendwann, wenn ich mein Handwerkzeug gelernt habe, dann werde ich mir David schnappen und ihn mir auf meine Art zur Brust nehmen!

Kapitel 3 – Das wahre Gesicht

Es ist ein halbes Jahr seit meinem Rauswurf aus Uschis Forum vergangen und ich verbringe seitdem fast meine komplette Freizeit im Internet. Stanley war nicht der Hit. Es stellte sich heraus, dass er ein Anfänger war, der den Text seiner E-Mail aus einer Lesben-Kontaktbörse kopiert hatte. Das erklärt auch den Wunsch, seine Wäsche und Schuhe mit einer neuen Partnerin zu teilen. Stanley selbst war ein Tollpatsch, für mich als Anfänger aber genau der Richtige zum üben. Inzwischen habe ich mehrere Baits hinter mich gebracht und fange an, die Eigenheiten der doch sehr unterschiedlichen Scammer zu studieren. Ich mache mir einen Spaß daraus, sie zu beschäftigen damit sie keine Zeit finden, sich neue Opfer zu suchen und diese finanziell und emotional zu schädigen. Für mich ist es das Größte, ihr absolutes Vertrauen zu gewinnen, so dass sie sich sogar auf Web-Cam zeigen und ich die Kamerabilder dann heimlich mitzuschneiden kann. Die gelungensten Videos mit den echten Gesichtern der Scammer veröffentliche ich dann auf Youtube, was mir so manchen Voodoo-Fluch und andere nette Drohungen eingebracht hat.

Über das ganze letzte Halbjahr habe ich David nicht vergessen und sein Messenger-Konto beobachtet. Obwohl er mich geblockt und vermutlich auch gelöscht hat, kann ich sehen, wann er online geht und wann er offline ist.

Inzwischen fühle ich mich sicher genug, einen eigenen Bait mit ihm durchzustehen und ich denke, dass der emotionale Abstand nun groß genug ist, so dass es mich nicht mehr belasten wird. Daher spreche ich ihn an, als ich ihn online sehe.

Dana: Hi. Entschuldige die Störung, aber ich habe Dich seit Monaten auf der Freundesliste und weiß gar nicht wieso. Wer bist Du denn?

David: Ich bin David.

Dana: Mein Name ist Dana, ich komme aus Hamburg, Deutschland.

David: Nett, Dich kennenzulernen, ich lebe in Indianapolis, USA. Ich denke, wir haben uns mal auf einer Single-Börse kennengelernt.

Dana: Das ist möglich. Ich war da mal auf einer, aber dann ist mein Computer kaputt gegangen. Nun habe ich einen neuen.

Tja, was soll ich sagen? Die ersten Schritte haben besser geklappt als ich erwartet hätte. Wir kommen ganz locker ins Gespräch und ich baue den Kontakt erneut auf. So verbringe ich die kommenden Wochen mit einem David, der sich zurzeit in den USA aufhält, Schriftsteller ist, der gerne Drehbücher schreibt und auch Gedichte liebt. Er bereitet sich auf ein größeres Projekt vor, bei dem es sich um Kinderarmut und Gewalt gegen Kinder handelt. Ich falle praktisch von einem Déjà vu ins nächste. Sein Skript hat sich kaum geändert, nur in einigen kleinen Details zeigt er sich variabel. Er liebt beispielsweise Fußball und kennt die German Bundesliga praktisch auswendig – das ist doch sehr bemerkenswert für einen US-Amerikaner, wie ich finde.

David: Womit verdienst Du Deinen Unterhalt?
Dana: Ich bin mein eigener Boss. Ich habe ein eigenes Geschäft mit Angestellten.

Wer baiten will braucht einen schlüssigen Lebenslauf, den man in- und auswendig kennt, der aber nichts mit dem realen Ich gemeinsam hat. Mein Alter Ego Dana ist stolze Besitzerin einer eigenen Damenmode-Boutique und natürlich ist sie sehr wohlhabend, darauf stehen die Jungs. Dann ist sogar das Aussehen zweitrangig. Selbst wenn ich 80 Jahre alt wäre und einen Vollbart hätte, würde es einen Scammer nicht schrecken. Ich habe mir allerdings ein sehr hübsches Bilderset zurechtgelegt, auf dem man sehen kann, dass ich eine sehr gutaussehende, attraktive Frau bin. Schließlich will ich herausfinden, ob es mir gelingt, dass David sich tatsächlich in mich verliebt und nicht nur so tut als ob. Mein Ziel ist es, den Spieß umzudrehen.

Dana: Was ist mit Deinem Job? Welche Drehbücher hast Du bereits geschrieben?
David: Zuletzt habe ich an einem britischen Heldenepos-Spielfilm geschrieben. Es heißt „Der Krieg der Liebe“ und ist zum einen sehr interessant aber auch tragisch.

Mit meinen inzwischen recht ansehnlichen englischen Sprachkenntnissen bringt es Spaß, mit David zu chatten und ich fordere ihn. Sehr viele seiner Aussagen hinterfrage ich und muss zugeben, er schlägt sich recht gut und macht nur wenige Fehler. Das aktuelle Wetter und die aktuelle Uhrzeit von Indianapolis hat er im Griff, nur mit den Informationen über seine Stadt hat er nach wie vor seine Probleme. Natürlich mache ich ihn nicht auf eventuelle logische Fehler in seinem Scam-Konstrukt aufmerksam, da ich nicht will, dass er aus seinen Fehlern lernt. Ich nehme sie wahr, weise ihn aber nicht darauf hin, sondern übergehe sie einfach.

In unserem vorherigen Leben hat er mir nichts zu lesen gegeben, also ich versuche es noch einmal. Wenn man schon einen Schriftsteller als Freund hat, möchte man an seinem Werk doch auch gerne teilhaben, oder?

Dana: Was machst Du gerade?
David: Ich sitze in meinem Büro und schreibe an einem Buch.
Dana: Oh, was ist das für ein Buch?
David: Es ist ein Drehbuch für einen Liebesfilm.
Dana: Ich möchte es so gerne lesen.
David: Ja, das kann ich mir denken, aber ich werde es erst zu Ende schreiben.
Dana: Ich bin so neugierig, bitte bitte lass mich ein bisschen lesen.
David: Es wird etwa 200 Seiten haben. Das dauert noch ein wenig. Wenn ich damit fertig bin, dann werde ich es Dir zum Lesen geben.

Schade. Aber wie auch soll er mir etwas geben – er hat ja in Wirklichkeit nichts geschrieben. Ich will ihn nicht zu sehr drängen in dieser Phase des Kennenlernens, deshalb lasse ich es auf sich beruhen.

* * *

Mit der Zeit kommen wir uns näher und nach zwei Wochen entscheide ich, dass es an der Zeit ist, mich in ihn zu verlieben. Für mich ist dies immer wieder ein etwas heikles Unterfangen. David ist kein Dummer aber er ist glücklicherweise auch nicht brandgefährlich. Es gibt professionell Betrüger, die, obwohl man weiß, dass sie lügen, einem emotional so nahe kommen, dass es recht schwierig werden kann, den inneren Abstand zu ihnen zu bewahren. Beim Chatten geht man eine direkte Beziehung miteinander ein, es soll sich alles echt anhören und man sollte schnell und natürlich reagieren. Dazu muss man sich in die Situation einfühlen und dabei kann es vorkommen, dass man sich ungewollt in seinen eigenen Emotionen verstrickt. David dagegen gehört eher den Mittelklasse-Scammern an, er ist zurückhaltend und wirkt zurzeit leicht unterkühlt, er spielt auf Zeit und wartet geduldig ab, ob sich eventuell Gefühle entwickeln. Womöglich erscheint ihm die erfolgreiche Geschäftsfrau, die ich darstelle, eine Nummer zu groß.

Dana: Hier geht es auf Weihnachten zu und die Tage sind dunkel und die Nächte lang. David, ich vermisse Dich so sehr.

David: Dana meine Liebe, ich vermisse Dich noch viel mehr.

Dana: Ich wünschte Du wärst hier und wir könnten kuscheln.

David: Das wäre nett.

Meine Güte, er kommt überhaupt nicht richtig in Wallung. Vermutlich liegt das an meine forsche und direkte

Art und Weise, die ich mir im letzen halben Jahr angeeignet habe. Ich versuche, mehr Gefühl hineinzulegen.

Dana: Ich möchte mit Dir ins Theater oder Kino gehen, ich möchte mit Dir im Meer baden und mit Dir am Strand Liebe machen.
David: Du bist lustig, weißt Du das?

Irgendwas läuft hier falsch. Was ist denn daran lustig!?

Dana: Ach David, ich weiß ich bin närrisch und das tut mir sehr leid. Ich fühle mich nur so allein und einsam. Vielleicht sollte ich mich nochmal bei der Single-Börse anmelden und mich dort nach einem Lebenspartner umsehen.

Das wirkt wie ein Weckruf. So einfach will er mich nicht davon kommen lassen.

David: Ich verstehe Dich sehr gut, Dana. Ich fühle wie Du. Selbst die Distanz die zwischen uns liegt wird unsere Herzen nicht trennen, wenn wir wirklich füreinander da sind.
Dana: Aber Du bist so weit weg! Ich möchte so gerne Weihnachten mit Dir zusammen verleben. Aber ich habe mein Geschäft hier und Du hast Dein Leben dort. Ich weiß nicht, wie das alles funktionieren soll.
David: Ich würde alles tun für die Frau, die ich liebe. Mein Schatz, wir werden einen Weg finden, wie wir zusammenleben können. Ich würde sogar meinen Wohnsitz verlegen, auch ans andere Ende der Welt,

nur um Dir nahe zu sein und meine Zeit mit Dir zu verbringen.

Das hört sich gut an, auch wenn es gelogen ist. Ich glaube, wir sind auf dem richtigen Weg.

* * *

Eines Abends unterläuft David ein gravierender Fehler. Sofort nachdem ich online gegangen bin, begrüßt er mich.

David: Hallo Schatz.
Dana: Hallo David.
David: Wie geht es Dir?
Dana: Mir geht es gut. Ich habe den ganzen Tag an Dich gedacht. Wie geht es Dir?
David: Hi Dora.
Dana: Dora?

Hat er eben Dora gesagt? Dann stimmt meine Vermutung und er ist so langsam, weil er mehrere Chats zur gleichen Zeit am Laufen hat. Diese Dora scheint zeitglich mit mir online gegangen zu sein. Mir hat er immer gesagt, dass er nebenbei arbeitet und daher hin und wieder abgelenkt ist. Nun ja, so ganz unrecht hat er nicht, wenn man bedenkt, worin sein wirklicher Lebensunterhalt besteht.

Dana: Wer ist Dora? Chattest Du gerade mit einer anderen Frau?
David: Mir geht es gut. Was hast Du denn schönes über mich gedacht, mein Liebling.

Dana: Verdammt, David, wer ist Dora!!!???
David: Oh, das ist eine Dame, die ich heute Nachmittag kennengelernt habe.
Dana: Na sowas.
David: Es tut mir leid, es war ein Versehen.

Hätten wir ein Voice-Chat, dann hätte er hören können wie ich die Zähne fletsche. Ich bin ziemlich stinkig. Scheinbar beschäftige ich ihn nicht intensiv genug, da er die Zeit findet, sich noch zusätzlich mit anderen Frauen zu unterhalten. Wenn diese Dora oder auch andere Frauen kurz davor stehen, ihm Geld zu schicken, dann werde ich voraussichtlich erst einmal aufs Abstellgleis geschoben bis er wieder mehr Zeit hat. Ich spüre, wie mir die Galle hochkommt.

Dana: Ich wette sie ist nett. Ist sie denn auch so hübsch wie ich?
David: Bist Du jetzt sauer? Sei ehrlich zu mir.

Ich überprüfe meine Gefühle. Ja, ich bin sauer. Und es schwingt auch ein leichter Anflug von Eifersucht mit. David ist mein Kerl, wenn auch nur für kurze Zeit.

Dana: Nein, ich bin nicht sauer, es geht mir gut. Ich bin nicht Deine Ehefrau und Du kannst Dich treffen mit wem Du willst.

Jetzt fühle ich mich auch noch wie eine beleidigte Leberwurst. Hallo Dana, komm‘ zu Dir, dies ist nur ein Spiel. Ich kneife mir in den Handrücken, um wieder klar zu werden im Kopf.

Dana: Ich habe nur Angst, ich könnte Dich verlieren.

David: Um ehrlich zu sein, meine Liebste, Sie hat sich sehr viel Mühe gegeben, aber wir haben nichts gemeinsam. Du wirst mich nicht verlieren, mein Engel. Das ist ein Versprechen von Herz zu Herz.

* * *

Nach fast vier Wochen bin ich so verliebt, dass ich in die USA reisen möchte, um David in Indianapolis zu besuchen. Nein – das stimmt so nicht. Nicht ich, Angela, sondern meine Dana ist bis über beide Ohren in ihn verliebt.

Dana: Ich würde Dich gerne in Indianapolis besuchen. Wärst Du damit einverstanden?

David: Das wäre wundervoll. Ich kann es gar nicht abwarten, Dich zu küssen und Dich im Arm zu halten.

So wohlhabend wie ich – nein, so wohlhabend wie Dana ist, bezahlt sie den Flug aus ihrer Portokasse. Ich erzähle David, dass ich gleich morgen früh zum Reisebüro fahren und den Flug buchen werde. David ist einverstanden. Derweil träumen wir, was wir gemeinsam tun werden, wenn ich ihn besuche.

David: Ich werde Dir die schönsten und exotischen Plätze von Indianapolis zeigen.

Indianapolis hat exotische Plätze? Na, da bin ich aber gespannt.

Dana: Ich kann es gar nicht abwarten, Schatz. Wie ist das Wetter bei Dir?
David: Immer noch dichter Schneefall.
Dana: Dann können wir eine Schneeballschlacht machen und ein Iglu bauen, was denkst Du?
David: Das ist eine super Idee.

Genau. Ich werde ein Iglu bauen, David im Baströckchen hineinsetzen und das Iglu zumauern. Mal sehen, wie lange er braucht, um wieder rauszukommen. Ich verwette mein ganzes nicht vorhandenes Vermögen, dass er noch nie in seinem Leben Schnee gesehen hat.

Zwei Tage später teile ich David mit, dass mein Flug nach Indianapolis gebucht ist. Ich werde Ende nächster Woche dort sein. Ich bin gespannt, wie David sich aus dieser Situation rauswinden will.

Dana: Wirst Du mich vom Flughafen abholen?
David: Natürlich werde ich das, Liebling. Du weißt, wie sehr ich es wünsche, Dich hier bei mir zu haben. Ich möchte Dich in die Arme schließen, Dich liebkosen und noch viel besser kennenlernen.

* * *

Zwei Tage vor meinem angeblichen Abflug kommt die Hiobsbotschaft.

David: Meine Liebe, da ist etwas, dass ich Dir sagen muss. Es ist wirklich wichtig für mich, aber ich weiß nicht, ob Du es akzeptieren kannst.

Was kommt jetzt? Will er sich bereits outen und sagen, wer er wirklich ist? Nein, das wäre zu einfach.

David: Ich habe Dir doch die ganze Zeit von meinem kommenden Projekt erzählt. Nun wird es ernst.

Ja, in seinem vorherigen Leben hatte er sehr viel davon erzählt, in diesem Leben hat er es schlichtweg vergessen, nur ganz am Anfang hatte er es in einem Satz erwähnt. Schon blöd, wenn man sich im Skript vertut, weil man immer wieder dieselbe Geschichte verschiedenen Frauen auftischt.

Dana: Ich weiß nicht, wovon Du redest.
David: Das Projekt, das eine Dokumentation über Kinderarmut und Kindesmisshandlung werden soll.
Dana: Ich kann mich irgendwie nicht richtig entsinnen.
David: Ich weiß wirklich nicht, wie ich es Dir sagen soll, aber das Projekt startet morgen. Ich werde nach West-Afrika fliegen. Das Projekt ist unglaublich wichtig für mich, Liebling. Ich weiß nicht so recht, wie Du Dich jetzt fühlst, aber es könnte sein, dass ich Dich tief enttäusche und es tut mir zutiefst leid. Ich verspreche Dir von Herzen, dass ich das wieder gut machen werde.
Dana: Wann fliegst Du nach West-Afrika?
David: Ich fliege morgen Abend.

Und das weiß er erst jetzt? Mein Flugticket ist bezahlt und ich sitze praktisch auf gepackten Koffern. Wäre dies wirklich wahr, dann wäre ich fuchsteufelswild.

Dana: Aber warum? Warum hast Du mir das nicht früher gesagt?

David: Ich habe nicht gewusst, dass es so plötzlich kommt. Ich werde nur zwei Wochen in Afrika bleiben und danach werde ich nicht nach Hause sondern direkt zu Dir fliegen. Ich werde alles wieder gut machen, meine Liebste. Das verspreche ich Dir.

Ja, Davids Versprechen kenne ich. Aber so langsam kommt die Geschichte ins Rollen. Wenn er diesmal nur 14 Tage in Afrika verweilen wird, dann wird das Unglück nicht lange auf sich warten lassen und ich muss mir sehr bald etwas einfallen lassen um ihn dazu zu bewegen, sich zu outen.

* * *

David schreibt, er sei in Lagos, Nigeria eingetroffen. Die Menschen seien nett, das Essen gut und das Hotel passabel. Nur leider mag er mir die Adresse des Hotels nicht verraten. Ich möchte gerne ein paar Fotos von ihm und dem Wagen haben, den er gemietet hätte, aber auch hierauf geht er nicht ein. Ich halte mich zurück und bestehe nicht darauf, immerhin habe ich noch ein bisschen was mit ihm vor. Er behauptet, er gehe seiner Arbeit nach, fahre raus zu den Dörfern, interviewe Dorfälteste und irgendwelche Anführer, erzähle ihnen den Grund seiner Anwesenheit und unterrichte sie, wie man

Armut und Gewalt an Kinder in ihrem Gebiet ausrotten könnte. Derweil sähe er Schreckliches, wenn er dort durch die Gegend fahre:

David: Ich sah diese toten Körper von Frauen und Kindern am Straßenrand, die an Hunger und Durst gestorben sind. Es ist wirklich schrecklich, was die Menschen hier durchmachen müssen.

Eine Woche vor seinem Abflug von Nigeria nach Deutschland bekomme ich die Fluginformationen von ihm. Diese sagen aus, er würde mit der KLM fliegen und in Amsterdam umsteigen. Bei unserem abendlichen Chat habe ich diesmal wirklich den Eindruck, als fühle ich seine Wehmut darüber, dass dies alles nur Schein und Trug ist. Ich mag es kaum glauben, aber sind da tatsächlich echte Gefühle?

David: Ich bin so glücklich, Dich in meinem Leben zu haben. Und ich danke Gott, dass er mich so nahe an Dein Herz gebracht hat. Ich wünschte, all dies wären keine Träume.

Dana: Dies sind keine Träume, mein Liebling. Dies ist Realität.

David: Ich liebe Dich so sehr, Dana, von ganzem Herzen.

Dana: Ich liebe Dich auch, David. Gott ist mein Zeuge.

Verdammt, dafür komme ich in die Hölle. Aber selbst wenn er etwas gefühlt haben sollte, hält es ihn nicht von seinem Vorhaben ab. Schon am nächsten Morgen erhalte ich eine SMS von ihm: *„Meine Liebste, heute ist der furchtbarste Tag in meinem Leben. Ich hatte einen* *schlimmen Unfall als ich plötzlich versehentlich einen kleinen Jungen mit meinem Wagen erfasst habe. Er fiel nieder und überall aus seinem kleinen Körper kam Blut. Der Junge ist halbtot. Ich habe solche Angst, Dana. Ich bin am Ende.*"

Ich habe gedacht, ich hätte genug Abstand und könnte diesen Bait problemlos durchziehen, aber jetzt fühle ich, wie die alten Wunden aufbrechen. Ein schmerzhaftes Gefühl breitet sich in meinem Körper aus, fast so wie vor einem Jahr, als ich dachte, dies alles wäre echt. Mit einem sehr unguten Gefühl gehe ich abends in den Chat. Ich weiß, was nun kommt: David schildert mir im Detail, wie furchtbar er leide. Ihm gehe es so schlecht, dass er sogar an Selbstmord denkt. Er benötige natürlich Geld, damit der Junge nicht stirbt und damit die OP bezahlt werden kann. Ich versuche, ihn zu überreden, zu seiner Botschaft zu gehen und mit seiner Bank zu reden. Damit habe ich mir einen Tag Zeit verschafft, um zu überlegen, wie ich weiter vorgehe.

* * *

Dana: David, wir müssen reden.
David: Okay, meine Liebe.
Dana: Fakt ist, dass ich Dich liebe.
David: Ich liebe Dich auch.
Dana: Ich muss Dir etwas sagen. Alles, was ich Dir von mir erzählt habe ist wahr. Aber ich kenne Dich schon viel länger als zu denkst. Verstehst Du mich?
David: Ja Schatz.

Dana: Ich will Dir die ganze Geschichte erzählen. Ich weiß nur nicht, ob Du mich hinterher noch liebst. Vor etwa einem Jahr surfte ich so im Internet rum. Dann fand ich eine Geschichte einer Frau, die betrogen worden ist. Dann passierte etwas Merkwürdiges. Nachdem ich alles gelesen hatte, was sie über Dich erzählt, sagte mir eine innere Stimme ganz plötzlich: „Dana, dies ist Dein Mann. Der Mann mit dem Du Dein Leben teilen willst.“ Vielleicht bin ich verrückt, aber dieses Gefühl hat mich seitdem nicht mehr losgelassen. Ich habe monatelang im Internet gesucht, bis ich Dich gefunden habe. Ich liebe DICH, nicht den Mann auf dem Foto. Ich warte schon so lange auf diesen Moment, aber nun fehlen mir die Worte und ich weiß nicht, wie sich das jetzt für Dich anfühlt.

David: Um ehrlich zu sein, ich liebe Dich auch von ganzem Herzen, obwohl wir uns vorher nie gesehen oder getroffen haben.

David hat nicht begriffen, was ich ihm sagen will. Ich fühle mich, als ob ich gerade einen Hochseilakt absolviere.

Dana: David, sind Deine Gefühle echt?

David: Ich weiß, es ist verrückt, jemandem zu helfen, dem man vorher noch nie getroffen hat. Meine Gefühle sind echt. Gott ist mein Zeuge.

Dana: Ich weiß nicht, wie Du in Wirklichkeit aussiehst, aber das ist egal. Da ist was anderes, etwas wirklich Mystisches. Ich glaube ich werde wirklich verrückt.

David: Jetzt schäme ich mich, dass ich Dich um Hilfe gefragt habe.

Dana: David, Du weißt, was ich meine, ich habe mich in einen Scammer verliebt und ich weiß nicht warum.

David: Glaubst Du tatsächlich, ich versuche, Dich zu betrügen?

Dana: David, Ich habe Deine Geschichte viele Male gelesen. Wenn Du Geld bekommst für das Krankenhaus und die OP, dann wird der kleine Junge sterben und Du brauchst Geld für die Beerdigung. Danach brauchst Du Geld für die Hotelkosten und dann noch mehr für den Flug. David, ich weiß nicht, warum ich Dich liebe. Da ist etwas ganz Besonderes in Dir. Ich bin verrückt oder nicht?

David: Du bist verrückt.

Dana: Ich denke jeden Tag an Dich, jede Stunde.

David: Hör auf! Du betrügst meine Gefühle!

Dana: Liebling, ich betrüge Dich nicht. Ich liebe Dich, so sehr.

David: Wenn Du mir nicht helfen willst, brauchst Du es mir nur zu sagen.

Dana: David, ich werde Dir kein Geld senden. Auf diese Weise werden wir uns niemals treffen.

Hallo? Ich schreibe mir hier die Finger fusselig und er begreift es nicht. Es ist so ärgerlich, dass der Chat sich nicht nach meinen Vorstellungen entwickelt. Ich bin wütend über mich selbst. Frustriert knalle ich die Maus auf den Tisch. Es ist nicht das erste Mal, dass ich einen Scammer dazu gebracht habe, sich zu outen. Es kann funktionieren, solange kein Geld fließt. Wenn der Betrüger erst einmal Geld von seinem Opfer erhalten hat, dann gibt es gut wie keine Chance mehr, dass er zugibt, was er wirklich ist. Aber warum will es diesmal nicht klappen? Ich gehe ohne ein weiteres Wort offline. Kaum bin ich off, kommt eine SMS von David: „*Warum bist Du einfach gegangen, Liebling? Das ist nicht fair!*“

Für heute habe ich habe die Lust am Chatten verloren, meine Stimmung ist im Keller. Vielleicht ist es keine üble Idee, David ein paar Stunden Zeit zu geben, um sich der neuen Situation bewusst zu werden und sich darauf einzustellen. Am nächsten Tag geht es weiter:

Dana: Ich liebe Dich.

David: Warum tust Du mir das an? Warum glaubst Du mir nicht?

Dana: Weil ich weiß, was Du wirklich bist und ich muss zugeben, meine Gefühle sind merkwürdig. Ich liebe Dich gerade weil ich weiß was Du bist. Das ist der Grund warum ich Kontakt zu Dir aufgenommen habe. Ich war nie Mitglied einer Single-Börse. Wir haben uns dort nie getroffen.

David: Ich hätte nie gedacht, dass Du mich belügst. Glaubst Du, das ist lustig?

Dana: Nein, es ist in keinster Weise lustig. Es ist eine sehr ernste Sache. Ich möchte Dich eines Tages besuchen.

David: Ich denke, ich brauche Deinen Besuch nicht mehr.

Dana: Okay, nun weiß ich, dass Deine Liebe nur gespielt war. Ich wusste es schon vorher, aber ich hatte gedacht, es könnte etwas Echtes daraus werden. Ich habe miserabel versagt. Es ist so bitter.

David: Wieso hast Du versagt, Dana?

Dana: Ich wollte eine echte Liebe, nicht nur eine Liebesgeschichte. Ich wollte ein neues Leben beginnen, gemeinsam mit Dir. Nun ist alles vorbei.
David: Kann ich Dich etwas fragen, Dana?
Dana: Ja, frag mich, Liebster.
David: Willst Du wirklich die Wahrheit wissen?
Dana: Ja, das würde ich gerne.

Es folgt eine kleine Pause. Vermutlich muss David nachdenken und es ist ihm klar geworden, dass der wochenlange Aufwand, den er getätigt hatte, vergeblich war. Trotzdem behaupte ich, ihn zu lieben. Das macht ihm sicher Kopfzerbrechen, er kann es nicht verstehen. Wie auch, es ist völliger Unsinn. Trotzdem – er hat viel Zeit investiert, so dass er mich nur ungerne gehen lässt und möglicherweise wirkt das emotionale Band in beide Richtungen, auch wenn er nur auf einen Vorteil lauert, als Ersatz für den ausbleibenden Geldsegen. David hat nichts mehr zu verlieren.

David: Ich bin nicht der der Du denkst der ich bin. Ich bin nicht der Mann auf den Bildern, die ich Dir geschickt habe. Ich bin gänzlich anders.
Dana: Ja, ich weiß...
David: Ich bin auch kein Amerikaner.
Dana: Ja, Du bist ein Nigerianer.
David: Ja, Dana.

Nun ist es raus. Ich bin erleichtert, der erste Schritt ist getan. Jetzt heißt es weiterarbeiten und mehr Informationen aus ihm herauszuholen.

Dana: Ich habe mich in Deine Seele verliebt, nicht in Deine Bilder oder Staatsangehörigkeit und auch nicht in Deine Hautfarbe. Ich liebe Dich so wie Du bist.

David: Es tut mir so leid, dass ich Dich angelogen habe.

Dana: Ich bin so glücklich, dass ich Dich kennengelernt habe.

David: ich glaube Dir nicht. Ich fühle, dass Du mich reinlegen willst.

Dana: Das verstehe ich sehr gut und ich kann es Dir nachfühlen. Was soll ich tun, damit ich Dir meine Liebe beweisen kann?

David: Mein Name ist nicht David, ich heiße Michael. Und um ehrlich zu sein, ich bin jung, ziemlich jung.

Dana: Wie jung?

David: Ich bin 25 Jahre alt. Ich denke, dass Du ein Problem damit hast und dass ich Dir zu jung bin.

Dana: *schmunzel* Nein, Michael, ich glaube eher, dass Du das Problem hast, dass ich zu alt bin.

Die Tage vergehen mit leichter Unterhaltung und ich überlege, was ich mit meinem neuen, jungen Lover machen soll. Ich fasse ihn mit Samthandschuhen an und versuche, mich weiter in sein Vertrauen einzuschleichen. Es ist mein Ziel, seinen kompletten Namen herauszufinden und ihn dazu zu bewegen, sich per Web-Cam zu zeigen. Den Bildern, die er mir zusendet, traue ich nicht. Woher soll ich wissen, ob er tatsächlich der junge Mann ist, den ich darauf sehe? Diese Bilder können genauso gestohlen sein, wie die, die er mir im Zuge des Scams zugesendet hatte. Michael taut langsam auf und erzählt von sich. Er ist das drittgeborene von sechs Geschwistern. Die Familie wohnt in Lagos, aber die genaue Adresse verrät er nicht. Sein Vater ist Bäcker mit einer eigenen Backstube und versorgt die Umgebung mit Brot. Nach zwei Wochen schaffe ich es tatsächlich Michael zu überreden, auf Cam zu kommen. Im Gegenzug muss ich mich allerdings auch präsentieren, da er ausgesprochen vorsichtig ist und darauf besteht, mich ebenfalls live zu sehen. Bis zur Unkenntlichkeit geschminkt gehe ich darauf ein.

Michael: Wow, Du siehst toll aus!
Dana: Danke schön.

Ich dagegen bin schockiert! Ich kann nicht fassen, was ich auf dem Bildschirm sehe. Ich glaube, mir ist gerade das Entsetzen ins Gesicht geschrieben. Mein Gott, ist der jung! Michael sieht nicht aus wie 25 – eher wie 16. Er erscheint mir sehr schmal, und eingehüllt in einen weißen Bademantel mit Kapuze sieht er aus, als ob er gerade aus dem Bad käme und gleich von Mama ins Bett geschickt wird. Ich bin einem Kind, nur wenige Jahre älter als mein eigenes, auf den Leim gegangen!

Dana: Du bist wirklich sehr jung.

Das ist im Moment alles, was mir über die Lippen kommt. Ich bin immer noch geschüttelt von Entsetzen und komplett durcheinander. Ich kann nicht begreifen, was die Web-Cam mir zeigt.

Michael: Es gibt nichts zu verbergen, Dana. Ich habe heute Morgen meiner Mutter von Dir erzählt.
Dana: Tatsächlich? Und was sagt sie?

Michael: Ich habe ihr erzählt, wie wir uns im Internet getroffen haben und das ich versucht habe, Dich zu betrügen. Sie sagte, das was ich gemacht habe, sei total unfair und ich soll Dich fragen, ob Du einen Platz in Deinem Herzen findest, um mir zu vergeben. Ich bin jetzt genau hier und bitte Dich in Gottes Namen mir zu vergeben, Dana. Es tut mir so leid.

Dana: Weiß Deine Familie, was Du online machst?

Michael: Nein, sie wussten es nicht. Ich habe es ihnen heute erst erzählt. Ich habe diese Dinge immer für mich behalten. Aber dann bist Du gekommen und hast mein Leben total geändert. Dafür danke ich Dir so sehr, Dana.

Dana: hmmmmm

Michael: Ich wünschte, ich könnte das Rad der Zeit zurückdrehen. Bitte vergib mir, Dana.

Dana: Okay, mein Süßer.

David/Michael ist nicht der erste Scammer, den ich im letzten halben Jahr dazu gebracht habe, sich zu outen und es läuft immer nach dem gleichen Schema ab. Es wird an das Mitgefühl appelliert und das ist schlimmer als der Betrug selbst. Jedes Mal fühle ich mich schlecht dabei, als wäre ich diejenige, die das ganze Ungemach verursacht hätte. Und dass er so jung ist, macht die Situation nicht einfacher. Natürlich interessiert mich, was Michael mit dem ganzen Geld macht, dass er zugesendet bekommt. In einem Land in dem das Durchschnittliche Einkommen pro Tag 1,50 Euro beträgt, sind 3.000 Euro ein Vermögen.

Michael: Ich finanziere damit meine Ausbildung und mein Studium.
Dana: Und was studierst Du? Was willst Du werden?
Michael: Ich möchte Mikrobiologie studieren, das ist mein Wunsch.

Das könnte durchaus der Wahrheit entsprechen, muss es aber nicht. Viele Betrüger aus Westafrika, besonders die sehr jungen, behaupten, dass Geld für ihre Bildung zu investieren. Ich werde wohl nie erfahren, ob es in diesem Fall tatsächlich so ist.

* * *

Wir verbringen die nächsten Tage viel auf Web-Cam.

Michael: Siehst Du meinen jüngeren Bruder hinter mir?
Dana: Ja – ich sehe ihn.
Michael: Sein Name ist Jonathan.

Die andere Person, die ich hinter Michael sehe und die fleißig am telefonieren ist, sieht älter aus als er. Das soll sein jüngerer Bruder sein? Irgendwas stimmt hier nicht.

Dana: Michael, darf ich Dich was fragen?
Michael: Ja sicher, frag mich.
Dana: Bist Du das wirklich, den ich hier auf der Kamera sehe? Weil wenn Du wirklich dieser Junge bist, dann darf ich Dich nicht länger lieben, sonst mache ich mich wegen Verführung Minderjähriger strafbar. Du siehst aus, als wärst Du nicht älter als 16 Jahre alt.

Michael: Jesus, ich bin kein Junge. Ich werde wirklich demnächst 26 Jahre alt.

Dana: Beweise es mir.

Michael: Ich werde Dir meinen Personalausweis (Nigerian National Identity Card) senden, wenn Du es möchtest. Ich will wirklich beweisen, dass ich echt bin und dass ich Dir mein Herz öffne.

Dana: Ja, ich möchte gerne Deinen Ausweis sehen. Vielen Dank dafür.

Michael: Gerne doch. Ich habe noch nie meinen Ausweis im Internet versendet, aber Dir vertraue ich. Ich werde ihn scannen und Dir morgen zusenden. Ich kann Dir doch trauen, oder? Dana?

Ich beiße mir auf die Lippe. Wenn ich erst einmal den Ausweis habe, dann habe ich diesen Typen in den Händen und kann ihn erledigen.

Dana: Ja, Du kannst mir vertrauen, Michael.

Michael: Ich bin unentschlossen, ich weiß nicht, ob Du mir die Wahrheit sagst.

Dana: Mir geht es genauso, Michael.

Michael: Okay, kannst Du mir Deinen Ausweis bitte auch zusenden? Nur damit ich sicher sein kann?

Dana: Aber ja, natürlich. Ich habe keinen Scanner hier zuhause, nur im Geschäft. Ich werde morgen meinen Personalausweis scannen und Dir zusenden.

Michael: Ich weiß nicht, ob Deine Gefühle für mich immer noch dieselben sind und von Herzen kommen.

Dana: Meine Gefühle sind immer noch dieselben, ich war nur geschockt, weil Du so jung ausgesehen hast.

Aber Dein Aussehen hat nichts mit meinen Gefühlen zu tun, sie liegen tiefer.

Die kommende Nacht verbringe ich damit, mir mit einem Bildbearbeitungsprogramm einen Personalausweis auf den Namen Dana Wahr zu basteln. Anstatt des Bundesadlers zeigt mein Ausweis einen speihenden Drachen im Wasserzeichen. Am nächsten Abend sende ich David meinen Ausweis per E-Mail zu. Zwei Stunden warte ich auf Antwort, bange, ob meine Fälschung durchgeht. Aber dann erhalte ich seine Antwort-E-Mail ohne weiteren Text, nur mit dem Anhang seines Ausweises. Ich sehe ihn mir sehr genau an und er erscheint mir echt. Im Scambaiter-Forum wird darüber diskutiert. Man kann sich nur schwerlich vorstellen, dass mir ein Scammer einen echter Ausweis zugesendet hat. Vermutet wird eher, dass dieser möglicherweise gestohlen wurde. Ich kann beim Vergleich zwischen dem Foto auf dem Ausweis und den Bildern, die ich von der Web-Cam gemacht habe, keine großen Unterschiede ausmachen, außer, dass Michael auf dem Passbild etwas älter aussieht, aber die Gesichtszüge gleichen sich. Womöglich ist es der Ausweis eines älteren Bruders. Unser derzeitige Bildbearbeitungsexperte drückt es so aus: *Der Ausweis ist voraussichtlich echt, Bildrauschen und Kontrastanalyse deuten definitiv nicht auf eine Bildbearbeitung hin. Das Ding lag zu aller Wahrscheinlichkeit so wie man es auf dem Bild sieht auf dem Scanner. Ob der Ausweis selbst wirklich echt ist, keine Ahnung. Das Bild ist aber zu hoher Wahrscheinlichkeit nicht oder von Experten bearbeitet.*

Okay, das ist eine Aussage. Ich gehe noch einmal zur Polizei. Ich möchte wissen, ob jetzt, wo ich die echte Identität des Betrügers feststellen konnte, meine Aussichten besser sind, mein verlorenes Geld zurückzubekommen. Der Polizeibeamte staunt nicht schlecht, mich wiederzusehen, aber er hat nach wie vor keine Handhabe. Er fragt mich, ob David/Michael irgendwann nach Deutschland kommt. Erst dann könne man ihn belangen. Aber das muss ich verneinen. Ich frage, ob es Sinn macht, Michael direkt in Nigeria beim EFCC anzuzeigen. Der Polizist sagt, das könne ich probieren.

Gesagt, getan. Ich sammele alle meine Informationen zusammen, suche mir die Webseite und E-Mail-Anschrift des EFCC heraus und sende alle erforderlichen Daten hin. Ich erhalte sogar eine automatische Antwort, dass man sich bald bei mir melden wird.

Nachwort

Das EFCC hat sich nie bei mir gemeldet, auch nicht nach mehrmaliger Anfrage. Ich hatte noch einige Wochen mit David/Michael gechattet, bis ich die Konversation langsam ausklingen ließ und irgendwann war ich nicht mehr für ihn sichtbar online. Ich erhielt einige Berichte von anderen Frauen, die mit der gleichen Geschichte hereingelegt wurden und hatte mir die Chatprotokolle geben lassen. An der Schreibweise erkannte ich, dass es sich um meinen David handelt, obwohl er seinen Namen und seine Bilder geändert hatte. Er war offensichtlich immer noch aktiv und arbeitete mit mehreren verschiedenen Identitäten gleichzeitig.

Vier ereignisreiche Jahre sind seitdem vergangen. Mein Geld habe ich längst abgeschrieben und wenn ich sehe, welche hohen Geldbeträge andere Geschädigte noch immer verlieren, dann ist mir bewusst, dass ich sehr glimpflich davon gekommen bin. In den folgenden drei Jahren konzentrierte ich mich voll auf das Scambaiten, investierte meine täglich Freizeit und war mit hunderten von Scammern in Kontakt. Als Moderator und Mentor bei Scambaiter – Deutschland konnte ich mich an den Geschicken des Forums beteiligen, meine Erfahrungen einbringen und hoffentlich auch einigen Menschen helfen, die dabei waren, einem Betrüger auf den Leim zu gehen. Ich bin sehr dankbar für diese Zeit und den daraus gewonnen Erkenntnissen.

Nach diesen drei Jahren „Kampf-Baiten“ entschloss ich mich, dem aktiven Baiten den Rücken zu kehren und die

Moderation bei Scambaiter – Deutschland aufzugeben, da mir andere Dinge im Leben wieder wichtig geworden sind. Seither befasse ich mich mit den kulturellen und gesellschaftlichen Hintergründen, die ursächlich für das Phänomen des Vorschussbetrugs verantwortlich sind. Ich habe Beziehungen zu Menschen in Ghana und Nigeria geknüpft und möchte mir selbst ein Bild von der Lebensweise und den Umständen in diesen Ländern machen. Daher bin ich im letzten Jahr nach Ghana gereist. Es war eine recht abenteuerliche Reise: das erste Mal überhaupt in Afrika, dann auch noch alleinreisend und ohne die Menschen, die ich besucht habe, vorher persönlich kennengelernt zu haben. Ich hatte das außerordentliche Glück, dass die Personen, die ich mir vorher als Begleiter ausgesucht hatte, sich als absolut vertrauenswürdig erwiesen. Es war ein wunderbares Erlebnis, auch wenn die Missstände, die ich gesehen habe, gravierend waren. Meine Planung geht dahin, dass ich im nächsten Jahr Nigeria besuchen möchte. Möglicherweise ergibt sich hieraus Stoff für weitere Geschichten.

Dieses Buch ist sicherlich keine literarische Meisterleistung, aber es ist mein Wunsch, möglichst viele Menschen zu erreichen und hiermit ein Bewusstsein zu schaffen, dass das Internet zwar eine großartige Errungenschaft ist aber eben auch ein Tummelplatz von Kriminellen, Psychopathen und anderen Gesellen, die auf dem ersten Blick völlig harmlos erscheinen. Wenn man von zuhause in das weltweite Netzwerk einsteigt, dann beginnt der Dschungel direkt am heimischen Wohnzimmertisch und man sollte sich nicht allzu sicher fühlen.